GRAN ANGULAR

Predestinats

JESÚS CASTILLÓN MOTTA

cruïlla

PREMI GRAN ANGULAR 2023

fundación sm

La Fundación SM destina els beneficis de les empreses SM a programes culturals i educatius, i fa atenció, especialment, als col·lectius més vulnerables.

Si vols saber més coses sobre els programes de la Fundación SM, entra a **www.fundacion-sm.org**

cruilla.cat

Primera edició: octubre de 2023

Direcció editorial: Berta Márquez
Edició executiva: Anna Pauner Escudé
Coordinació editorial: Dolors Ortiz i Perpinyà
Direcció d'art: Lara Peces
Coordinació d'art: Marta Mesa
Coberta: Ignasi Font

ISBN: 978-84-661-5444-4
DL: B-10613-2023
Imprès a la UE / *Printed in EU*

Gràcies a la Mariàngels Soler,
que va fer la primera correcció del manuscrit.

Regles de les visitants

1. No revelis mai el teu veritable origen.

2. No tornis a veure el donant.

3. No t'enamoris.

OBERTURES

OBERTURA 1
El Prat de Llobregat, 2023

L'Andrea va seure al seu seient amb nerviosisme. No li agradava volar. Ho havia fet molts cops, però no s'hi havia acostumat. L'agència de publicitat per a la qual treballava tenia la seu a Itàlia, així que hi havia d'anar sovint, tot i que habitualment teletreballava. Era una noia alta, prima i molt maca. Quan deia que treballava per a una agència de publicitat, tothom donava per fet que era model, la qual cosa la irritava, ja que li havia costat fer-se un nom com a creativa publicitària.

Va escoltar les explicacions habituals de les hostesses sobre què fer en cas d'accident. Es podia sobreviure a un accident d'avió? No podia evitar fer-se sempre aquesta pregunta; el problema era que coneixia la resposta. Els motors es van posar en marxa i el cor se li va accelerar. La velocitat va augmentar i de sobte l'avió va emprendre el vol. Un lleuger vertigen li va envair les entranyes, com quan pujava a una muntanya russa, però va durar molt poc. L'aparell es va elevar ràpidament; tanmateix, ho feia de forma estable. L'Andrea estava asseguda a la banda de la finestreta. Va mirar a través del vidre de plexiglàs i aviat va veure la seva ciutat, Barcelona, com es veuria en un plànol, amb línies i formes geomètriques. Al cap d'una estona, estava mirant núvols per la finestra. Va sentir el curt xiulet que anunciava que ja es podia treure el cinturó de seguretat, però ella se'l va deixar posat. Les hostesses van començar a passar amb el carret de begudes i revistes, i va demanar una copa. No era bevedora habitual, però quan volava feia una excepció. De sobte, l'avió va fer una sacsejada. L'Andrea es va espantar, però ho va dissimular; no volia semblar una d'aquelles passatgeres histèriques a les quals els fa pànic volar. No obstant això, una segona sacsejada va fer que es queixés en veu alta.

–Ai...

–No es preocupi –va dir-li l'home assegut al seu costat–. Volar és la forma més segura de viatjar.

Una hostessa va demanar per megafonia que els passatgers no s'aixequessin dels seients i que es posessin el cinturó; tot seguit va caminar pel passadís per comprovar que tothom seguia les seves instruccions. També va recollir les begudes i va demanar que els passatgers que feien servir la safata, la pleguessin, i que tothom apagués qualsevol aparell que pogués afectar els instruments de vol. Tot d'una, l'avió va començar a fer violentes sacsejades. Després d'uns segons, els llums es van apagar i només van quedar encesos uns de petits d'emergència. Es va fer el silenci. Llavors van caure les màscares d'oxigen sobre cadascun dels seients. Van sentir-se xiscles de pànic d'alguns passatgers, però l'Andrea no va cridar; estava massa espantada. Es va posar la mascareta amb mans tremoloses. I va arribar el moment més temut per ella: va deixar de sentir-se el murmuri constant dels motors i l'avió va començar a baixar en picat. El seu angle de descens era cada cop més inclinat, fins que va començar a caure en espiral. L'acceleració va anar en augment. L'Andrea es va agafar al suport del seient del davant.

–No vull morir així... –va murmurar sota la mascareta d'oxigen.

L'ala dreta de l'avió es va desprendre i es va obrir un forat en el fusellatge. L'aire va ser succionat cap a l'exterior per la descompressió. Tothom va cridar. L'aire colpejava la cara de l'Andrea. Va agafar-se més fort al seient de davant mentre pensava: «Això és la fi...»

–Andrea... –va sentir; era l'home del seu costat.

Ella el va mirar, sorpresa. Que en un moment així un desconegut li parlés era l'últim que s'esperava.

–Vostè sap..., sap el meu nom? –va aconseguir dir malgrat l'espant.

–No tinguis por... –va dir l'home amb veu tranquil·litzadora.

L'Andrea no entenia com l'home podia estar tan calmat en aquelles circumstàncies.

–Dona'm la mà –va afegir el desconegut.

Estranyada i espantada, ella li va agafar la mà. D'alguna manera, sentir el contacte humà va ajudar-la; pensar que no moriria tota sola era un darrer consol. Dels ulls li van començar a brollar llàgrimes.

–Morirem tots... –va dir plorant.

–No, tu no. No avui –va replicar l'home.

L'Andrea el va mirar. Sota la mascareta d'oxigen, l'home somreia.

OBERTURA 2
Barcelona, 2023

«L'accident d'avió no ha deixat supervivents. L'aparell ha caigut al mar i no es confia a trobar les restes dels passatgers.»

Les notícies de la televisió que penjava d'una paret del bar sonaven llunyanes des de la terrassa. La cafeteria estava plena. El soroll de plats, tasses i culleretes a l'hora de l'esmorzar semblava una simfonia quotidiana. La jove parella estava asseguda a la terrassa, protegida de la llum solar per un gran para-sol. Era un dia calorós. El noi mirava embadalit la noia, que semblava distreta.

–En què penses? –va dir ell.

–En no res.

–És possible no pensar en res? –La va mirar més seriós.– M'ho sembla a mi o et preocupa alguna cosa?

La noia va centrar la mirada en ell i va somriure, però el seu semblant reflectia un matís trist.

–Estic bé. Molt feliç de ser aquí amb tu.

El jove va relaxar el rostre i també va somriure. Va dubtar un moment abans d'afirmar:

–T'estimo.

La noia el va mirar fixament als ulls.

–Jo també.

–Promete'm que sempre estarem junts –va dir ell.

Ella va acariciar-li la galta amb tendresa i va assentir amb el cap. Era mentida, però no volia trencar la màgia d'aquell moment.

–Tinc un regal per a tu –va dir el noi traient una cosa de la butxaca de la camisa.

Era una fotografia; l'hi va donar a ella.

–És la foto que ens vam fer al Teatre-Museu Dalí. L'he impresa perquè la puguem mirar fins i tot sense bateria al mòbil –va dir rient–. Jo en tinc una altra còpia. Mira el que t'he escrit darrere.

La noia va girar la foto i va somriure. Van passar la resta del dia a la platja. A la nit, al seu pis, ella va llevar-se de matinada i es va vestir en silenci. Ell seguia adormit al llit. La noia va anar a la cuina, va obrir el congelador, va treure una caixa d'aliments congelats i la va obrir a la pica. Entre uns pèsols hi havia una capseta negra. La va agafar i la va obrir. Va comprovar-ne el contingut: uns tubs d'assaig amb un líquid congelat a l'interior. Els va tornar a la capseta, la va tancar i la va agafar fortament amb la mà.

El jove va despertar-se i, en no veure-la al llit, es va aixecar i va buscar-la pel pis. Mentrestant, la noia va tocar amb el dit, durant uns segons, una polsera que duia al canell. Una resplendor va sortir de la polsera i va començar a envoltar-la. Des del passadís, el noi va veure una intensa llum que sortia de la porta mig oberta de la cuina; va apropar-s'hi, la va obrir i va quedar bocabadat. La noia semblava estar a dins d'una bombolla de llum.

–Aurora! –va cridar corrent cap a ella.

La noia el va mirar amb tristesa alçant la mà en senyal de comiat. De sobte, la bombolla de llum va fer-se minúscula durant una fracció de segon, i finalment va esclatar en un gran núvol lluminós. El noi va quedar enlluernat. Quan va aconseguir obrir els ulls, la noia havia desaparegut.

OBERTURA 3
Barcelona, 2098-2100

La família estava passant un agradable dia al Park Güell, gaudint d'un dels pocs llocs de la ciutat on encara hi havia vegetació. La salamandra de pedra dissenyada per Gaudí semblava observar-los des de l'escalinata. El pare jugava a pilota amb el seu fill mentre la mare, asseguda en un banc, sacsejava lleugerament el cotxet de la seva filla petita. Era just el migdia; el sol colpejava fort. El pare va mirar cap al cel i es va eixugar la suor del front. El fill va llençar-li la pilota, però ell no es va moure. La seva dona se'l va mirar alarmada. L'home s'havia quedat estàtic. Només va girar el cap i la va mirar. La seva mirada era estranya i estranyada. De cop, va caure a plom. La dona va córrer cap a ell amb el cotxet i es va ajupir per comprovar què li passava.

–Pau, ajuda'm! El pare no es troba bé –va dir al seu fill mentre mirava espantada el rostre del marit, que estava blanc i amb els ulls oberts mirant al buit.

En adonar-se que el seu fill no responia, es va girar cap a ell i el que va veure la va deixar horroritzada: el nen estava estès a terra en una postura semblant a la del seu pare.

A partir d'aquell dia, al llarg de les setmanes i mesos següents, la premsa, la televisió i Internet van emetre la mateixa notícia sense parar:

«El virus es continua estenent. El nombre de víctimes mortals ja ha superat el de la pandèmia iniciada l'any 2030, en què els virus alliberats pel desglaç del permafrost per culpa del canvi climàtic va acabar amb milions de persones. Es desconeix l'origen del nou virus. És d'un tipus desconegut i és el més petit mai no detectat. Es propaga per qualsevol mitjà, sòlid, líquid o gasós. Infecta qualsevol forma de vida; també altres virus. Sembla indestructible i té una característica insòlita: crea un efecte túnel que li permet travessar qualsevol matèria. Per tant, no hi ha amagatall possible. Tanmateix, tot i ser tan infecciós, només és letal per a l'espècie humana; la resta de formes de vida no semblen estar en perill, però sí que el propaguen. Això ha fet que ecologistes i seguidors de la hipòtesi Gaia interpretin el virus com una forma d'autoregulació del planeta per eliminar l'espècie que posa en perill la supervivència de la vida a la Terra. Les víctimes mortals són incalculables, però una cosa és clara: no afecta les dones. Sembla que el fet de tenir dos cromosomes X les fa immunes. Es pensa que és perquè al cromosoma X s'hi troben molts dels gens relacionats amb el sistema immunològic. També s'estudia la relació amb la testosterona...»

La doctora Punset va apagar el televisor virtual. Era experta en malalties infeccioses, però això superava qualsevol científic del món. Va anar cap al laboratori on treballava. S'havia pres un descans després de dos dies sense dormir. Tothom treballava a marxes forçades mirant de trobar una cura per al misteriós virus. De moment, havia estat inútil. Des que es van detectar els primers casos l'any 2098, la malaltia només havia necessitat dos anys escassos per extingir tots els homes de la Terra. O, més concretament, els humans cromosòmicament XY, i també les persones intersexuals cromosòmicament XX portadores del gen SRY.

Un dia, sentint-se derrotada com a científica pel virus, la doctora Punset passejava pel port de Barcelona mirant el mar. No havien pogut fer-hi res, ni ella ni cap científica del món. Un món sense homes, sense nens... Una llàgrima li queia per la galta quan va veure una taca al mar. Era una barca que s'aproximava. Quan hi va fixar la vista, es va sorprendre: hi havia un home a la petita embarcació. Va córrer cap a la vora del mar. L'embarcació va arribar fins al port i va xocar contra el moll. La doctora Punset va mirar la barca, colpida d'emoció. L'home era viu! El va ajudar a pujar a terra. Se'l va mirar sorpresa. Feia ja temps que s'havia calculat que no quedava cap home viu al planeta, així que aquest era, amb tota probabilitat, l'últim home sobre la Terra. Ho devia saber, ell? D'on venia? Però quan es va fixar en l'expressió de l'home es va adonar que era massa tard. Ell la va mirar amb ulls de malalt. Pel motiu que fos, havia aguantat més temps del normal l'efecte del virus, però estava agonitzant.

–A..., ajudi'm –va suplicar.

L'home va caure de genolls. La doctora el va agafar amb els braços, ajupint-se. No podia fer res per ell, només acompanyar-lo en el seu últim alè. Va acariciar-li els cabells amb compassió. Ell la va mirar i va semblar que volia dir alguna cosa, però gairebé no li quedaven forces. La doctora Punset va apropar-s'hi més. Abans de deixar de respirar, l'home va xiuxiuejar-li una paraula a cau d'orella:

–Chronos...

OBERTURA 4
Barcelona, 2310

–És greu?

–Molt.

–Com ho solucionarem?

–Amb un miracle.

A la sala estaven reunides les científiques més brillants del món. La llum entrava per uns grans finestrals; era molt blanca degut als núvols, i produïa una sensació d'irrealitat. S'havia triat Barcelona com a lloc de la reunió perquè allà hi havia el centre de recerca més important que havia lluitat contra el virus que havia acabat amb la població masculina humana, centre impulsat el segle XXII per la doctora Punset. Malgrat que eren de nacionalitats diferents, totes s'entenien gràcies als xips traductors instal·lats a les seves orelles en forma d'arracada, una moda molt útil estesa per tot el planeta.

–Com saben –va dir una de les portaveus–, a causa de les dificultats per esquivar el virus durant el procés de reproducció assistida, cal gastar una gran quantitat de l'esperma emmagatzemat als bancs. Malauradament, hem arribat a un punt insostenible. És una realitat: les reserves pràcticament s'han esgotat.

–I què? –va dir una dona situada a la seva dreta–. Amb la gametogènesi in vitro no les necessitem; podem fer servir qualsevol cèl·lula de la pell i reprogramar-la perquè es comporti com una cèl·lula mare per generar un embrió.

–Els estudis demostren –hi va intervenir una altra– que no és una bona solució a llarg termini. És un sistema que limita tant la diversitat genètica que el risc de defectes congènits ens faria vulnerables al virus que va acabar amb els homes.

–A més, l'única manipulació genètica humana que vam decidir permetre –va afegir una dona d'aspecte sever–, va ser forçar el sexe de les nounades, ja que qualsevol nen estaria condemnat a mort pel virus. Cal recordar-ho, això.

Degut a aquesta manipulació genètica continuada durant generacions, s'havia produït una eugenèsia involuntària que havia eliminat la diversitat de gènere que quedava després de la pandèmia. L'epigenètica havia alterat l'expressió dels gens i socialment no hi havia altres referents, així que el món era, en tots els sentits, femení, almenys quant a l'espècie humana es referia.

–Abans ha parlat d'un miracle –va dir la dona de més edat dirigint-se a la participant que havia iniciat el debat.

–No ens parlarà de deesses, ara? –va protestar una altra.

La creença en una divinitat femenina s'havia estès des de l'aparició del virus mortal, i havia arribat a ser la religió amb més seguidores del planeta.

–No, tot i que el nostre miracle es diu Marie –va respondre l'al·ludida–. Si us plau, feu-la passar –va dir a una assistent.

Una dona va sortir de la sala i va tornar amb una adolescent d'uns catorze anys. La jove era prima, de poca estatura, i tenia uns cabells rossos que amb la llum brillaven com si fossin d'or.

–Aquesta és la Marie –va dir la primera oradora–. És francesa. Té el coeficient intel·lectual més alt mai detectat. La seva especialitat és la física.

–Una física? Amb els meus respectes, en aquesta reunió hi som les més reputades biòlogues del planeta –va dir una científica arribada dels Estats Units–. El problema requereix una solució biològica.

–Em temo que necessitem alguna cosa més. Si us plau, Marie, explica els teus descobriments.

La noia va respirar, una mica intimidada per tantes eminències científiques reunides prestant-li atenció, i va començar a parlar.

–Les meves equacions han estat confirmades per prestigioses físiques d'arreu del món. No les avorriré amb detalls tècnics. En resum: amb el pressupost apropiat, en menys d'un segle podríem viatjar en el temps.

La reacció de desconcert va ser general. Finalment, una de les presents va parlar:

–És una broma? Suposant que poguéssim viatjar al passat, tal com semblen insinuar, no podríem aturar el virus. Cap estudi ha aconseguit eliminar-lo fins ara. Continua campant en grans quantitats per l'aire, té gran capacitat de supervivència i es reprodueix en molts animals, nosaltres incloses. Resisteix tot tipus d'atac. Sembla indestructible. Per tant, de què serviria fer cap canvi en el passat?

–No pretenem modificar la història –va dir la primera oradora–. De fet, les intervencions serien estudiades perquè el seu impacte fos ínfim. Les teories de la Marie inclouen equacions per calcular els canvis que es poden fer sense alterar la història, ja que un canvi d'aquest tipus podria tenir conseqüències imprevisibles.

–Llavors per què volen viatjar en el temps?

–Perquè necessitem material genètic. O l'aconseguim o estarem en perill d'extinció.

OBERTURA 5
Barcelona, 2501

–Beatriu...

–Sí?

–Tens una nova missió.

–Ja vinc.

La Beatriu va sacsejar lleugerament la mà per tallar la comunicació del seu xip al canell. Vivia al campus de l'Escola de Visitants, una facultat on es preparava les futures viatgeres. Era un lloc situat lluny de la capital, d'accés molt restringit, que guardava un secret: una màquina del temps. Allà havia estudiat la Beatriu i, un cop graduada, va començar a fer d'exploradora. La seva tasca era preparar el camí a la visitant encarregada de dur a terme la missió. Ella mai no havia pogut superar l'examen per ser visitant i es va convèncer a si mateixa que ja li agradava fer d'exploradora. Igualment era una privilegiada, una de les poques persones al món que havia fet el salt, una viatgera en el temps.

Aquell dia, després de rebre la trucada de la seva superior, va anar caminant fins al despatx de la directora del centre, que li donaria els detalls de la feina. El campus era ple de zones verdes i la Beatriu va respirar l'aroma d'herba mentre pensava amb emoció en la propera missió. Va caminar a pas lleuger fins que va arribar a l'edifici. Va agafar un ascensor i va avançar per un passadís. Es va aturar davant una porta, que es va obrir automàticament quan va apropar el seu xip de canell a un lector ubicat a la paret.

–Directora, es presenta Beatriu Dalmau, exploradora de nivell 1 –va dir en entrar al despatx.

–Deixa't de formalitats, Beatriu. Estem soles i fa molt que ens coneixem.

La Beatriu va relaxar el posat marcial. La directora era una dona de mitjana edat que intimidava una mica, no tant pel seu aspecte, sinó per la seva coneguda alta capacitat intel·lectual. Va mirar fixament la Beatriu abans d'afegir:

–Tenim una nova missió i volem que tu preparis el terreny.
–Perfecte, ja m'estava avorrint.
–M'agrada la teva bona disposició. Saps que el salt té riscos.
–No estant activa també em puc morir d'avorriment.
La directora va somriure abans de continuar parlant:
–Com sempre, viatjaràs al segle XXI. Ja el coneixes prou. Destí: aquí mateix, Barcelona. No cal que et recordi les precaucions que has de prendre. La visitant que farà la missió necessitarà un pis de lloguer a la capital, a prop del ferrocarril. També, carnet d'identitat i credencials d'estudiant de doctorat de la Universitat Autònoma. Hauràs de hackejar la universitat; ha de constar com a estudiant per poder treure llibres de les seves biblioteques. Ah, i necessitarà un compte bancari amb targeta de dèbit.
Les va interrompre una veu que va sortir d'un petit altaveu ocult a la superfície de l'escriptori:
–Directora, la visitant ha arribat.
–Ah, perfecte, gràcies, que passi –va dir la directora.
–Qui és, la visitant?
–Crec que no la coneixes, però és una jove amb molt de talent. Malgrat la seva joventut, ja ha fet una dotzena de viatges com a visitant.
L'exploradora va obrir els ulls una mica sorpresa, però tot seguit va mirar de dissimular la seva enveja. La visitant va entrar al despatx. Quan la Beatriu la va veure, se li van dilatar les pupil·les; era molt atractiva. Les dues dones contrastaven força: la Beatriu era rossa i tenia els ulls blaus; la noia que acabava d'entrar era bruna amb els ulls negres. L'exploradora no va esperar que la directora fes les presentacions, va fer un pas cap a ella i la va saludar amb la mà.
–Hola, soc la Beatriu. Seré la teva exploradora.
La Beatriu no sabia encara que es convertirien en grans amigues. I molt menys podia sospitar que aquella noia canviaria el destí de la humanitat. La jove va somriure mentre es presentava:
–Hola, em dic Aurora.

PRIMERA PART
AURORA

1
Barcelona, 2494-2501

–Un altre suspens –va sentir queixar-se la mare per enèsima vegada–. És que no entens que així mai seràs un membre útil a la societat?

L'Aurora va posar els ulls en blanc. Sempre la mateixa història. Li importaven un rave les matèries que es feien a l'escola. Estava al curs previ a l'accés a la universitat, però era evident que mai hi entraria. La setmana anterior havien fet el test per saber quina carrera seria la més adient per al seu perfil. A ella li havia sortit visitant. Això l'havia sorprès, ja que eren uns estudis molt difícils, tot i que era cert que ella estaria encantada de dedicar-se a allò. Era una carrera envoltada de misteri. Ningú sabia del cert què s'hi feia, ja que només hi havia quatre facultats al món per estudiar-la. Tot i impartir estudis universitaris, aquestes facultats no pertanyien a cap universitat en concret, sinó a l'estat. Totes estaven situades als afores de les ciutats i les estudiants vivien allà.

Així que, quan poc després va haver de fer l'accés als estudis superiors, va triar la prova per seguir la carrera de visitant. Miraculosament, la van acceptar. La seva mare no s'ho podia creure, però no estava gens feliç. Tot i el prestigi d'aquella professió, era *vox populi* que era molt perillosa. Es dedicaven a buscar pel món un remei contra el virus que va matar els homes. Deia una llegenda urbana que viatjaven en el temps. A més, les estudiants marxaven internes a les facultats i portaven una vida molt reclosa als centres. El dia que l'Aurora se'n va anar, la seva mare va mirar-la amb llàgrimes als ulls:

–Estic orgullosa de tu. La teva feina serà molt important per a la nostra societat. Fes-me trucades virtuals sempre que puguis, d'acord? Ens veiem a les vacances.

L'Aurora va agafar el transport especial que l'esperava per dur-la a la facultat. Va mirar per la finestreta la seva mare i va fer-li un gest de comiat amb la mà. La seva nova vida començava i no estava segura de voler emprendre-la. Es va sentir com una nena petita el primer dia que la deixen a l'escola.

El viatge se li va fer més curt del que esperava. Quan va arribar al campus es va fixar en una inscripció que hi havia a l'entrada i que veuria repetida per tot arreu, inclosa la seva habitació:

Regles de les visitants

1. No revelis mai el teu veritable origen.

2. No tornis a veure el donant.

3. No t'enamoris.

–Benvingudes a l'Escola de Visitants –va dir una dona en rebre les candidates, unes trenta noies, a l'aula principal del centre–. Tot el que aprengueu aquí és confidencial. Us avanço que a les classes estudiareu des de física avançada fins a defensa personal, a més de molta història. Abans de res, però, haureu de fer el jurament.

El jurament era una cerimònia en què les admeses a la facultat juraven no revelar mai el que aprendrien al centre. A més, havien de signar un contracte de confidencialitat i la pena per incomplir-lo era de presó. La cerimònia es va fer en una gran sala d'actes que també es feia servir per a conferències i classes magistrals. Van jurar:

> *Juro ser fidel al codi deontològic de les visitants, complir els meus deures, obeir les meves professores i, quan entri en servei, les meves superiors jeràrquiques.*
>
> *Juro complir les regles de les visitants i no revelar mai res del que aquí aprengui.*
>
> *Juro renunciar a la meva vida anterior i passar a formar part de la comunitat de les visitants, i limitar les meves visites a l'exterior a la família i persones properes.*

Tot seguit van signar el contracte de confidencialitat. L'Aurora es va sentir intimidada davant l'amenaça de presó, però va firmar. Després del jurament van fer un recorregut per les instal·lacions.

El campus era gran i estava situat en un ampli espai verd. Tot estava cobert d'herba i l'Aurora ho anava observant tot mentre caminava. El primer edifici que van veure era l'allotjament de les estudiants. Allà compartiria habitació amb una altra alumna. A més dels dormitoris, l'edifici constava d'un gran menjador, una cuina, una sala d'esbarjo i una biblioteca virtual d'estudi. Al costat de l'edifici n'hi havia un altre igual de gran que era la facultat pròpiament dita, amb les aules on es feien les classes. Però el que més li va cridar l'atenció va ser una construcció de disseny estrany una mica allunyada. En deien «l'edifici del viatge». La guia va explicar que allà les estudiants ja graduades feien un aprenentatge de postgrau addicional. També eren allà els laboratoris, però el més important és que hi havia una de les quatre màquines del temps que s'havien construït a tot el món. Quan van sentir l'explicació de la guia, totes les estudiants es van mirar sorpreses que els rumors fossin certs: no era una llegenda urbana! Les postgraduades preparades feien allà el salt; primer sense una missió concreta, només per fer un estudi preliminar de l'època; després es convertien en exploradores, que preparaven el terreny a la seleccionada per fer la missió; finalment, les que portaven prou temps d'exploradores i passaven l'examen psicològic, eren enviades a buscar el material genètic. Les noies no ho acabaven de comprendre bé, però la instructora va dir que ja ho entendrien tot més endavant. L'Aurora escoltava fascinada i cada vegada se sentia més atreta per aquell indret. Començava a sentir que, potser per primer cop a la vida, havia trobat el seu lloc.

Al dia següent, un cop instal·lades, van tenir la primera classe, una presentació introductòria. La va fer la professora Irina Kolmogórov. D'origen rus, va ser la docent preferida de l'Aurora en tota la carrera. Era alta i tenia un semblant molt seriós; els seus trets eren manifestament eslaus, i els seus ulls tan clars li donaven a la mirada un aire inquietant.

–La vida d'una visitant és la més dura de totes –va dir la professora–. Cal fer molts sacrificis i no sempre hi estareu disposades o preparades. Malgrat que us gradueu, no totes passareu les proves per fer el salt. Heu de saber que el salt provoca alteracions a l'ADN, mutacions genètiques. Un dels possibles efectes secundaris és contraure càncer.

Un murmuri va envair l'aula.

–A més, es va decretar que les visitants no poden ser mares, ja que ignorem l'efecte que aquestes alteracions poden tenir en el fetus. Qui vulgui viatjar en el temps haurà de signar un contracte en què es comprometi a no inseminar-se i renunciar a la maternitat. Qui no hi estigui disposada, pot treballar en altres tasques necessàries, com ara docència, recerca, manteniment...

El primer dia va ser un avís de la duresa de la carrera i, al final de la jornada, moltes companyes estaven pensant a renunciar a la seva plaça a la facultat. L'Aurora també s'ho va pensar, però al dia següent va tenir la primera classe de matemàtiques temporals, també amb la professora Kolmogórov, i va quedar enamorada de l'assignatura.

–La visió racional del món és un intent de buscar ordre en una entropia irracional. Dins d'aquest caos aparent, però, hi ha algunes parts de l'univers que semblen seguir un cert ordre, un patró parcial –va dir la professora en començar la classe.

La matèria era una branca de les matemàtiques que havia evolucionat fins a convertir-se en l'àrea més avançada d'aquesta disciplina però, paradoxalment, era la menys coneguda, ja que només s'estudiava a les facultats de visitants. L'assignatura es dividia en dues parts: una era la base matemàtica per al procés físic que feia possible el salt. En aquesta part s'estudiava paral·lelament física, i es revisaven des de les primitives teories de relativitat i de cordes fins a les més avançades teories d'esquinçament d'espaitemps. Això es complementava amb la matèria d'enginyeria, necessària per construir màquines del temps. L'altra part de l'assignatura era una evolució de l'estocàstica. Permetia fer tots els càlculs per determinar quina actuació s'havia de planificar perquè el salt no causés cap distorsió en el temps; és a dir, perquè no tingués conseqüències que canviessin el curs de la història. S'ignorava què podia passar si hi hagués alguna alteració en els esdeveniments del passat.

–Hi ha diverses teories sobre les repercussions d'un viatge al passat –va explicar un dia la professora–. Són un intent d'eludir les inevitables paradoxes del viatge en l'espaitemps de Minkowski.

–Quines paradoxes? –va preguntar una de les estudiants.

–La més coneguda és la paradoxa de les viatgeres; és a dir, nosaltres. Imagineu-vos que ara trobem un remei per al virus que va acabar amb els homes i el portem al passat per immunitzar-los.

Llavors, cap de les dones nascudes amb la inseminació artificial massiva posterior a l'extinció dels homes existiria, inclosa la creadora de les matemàtiques temporals, la Marie Leblanc. Per tant, no hi hauria màquina del temps, ni viatgeres per viatjar al passat i portar el remei, que tampoc s'hauria buscat perquè els homes ja serien immunes al virus. És a dir, es trencaria la relació causa-efecte.

–I quines són les teories? –va preguntar una altra estudiant.

–Les principals són tres. Una és que qualsevol alteració en un punt de l'espaitemps crea una nova realitat que esborra l'anterior com si mai no hagués succeït. Una altra diu que és possible que hi hagi línies temporals relatives que coexisteixin simultàniament. Però la teoria més acceptada, que analitza el problema des d'una perspectiva de supercordes, és que qualsevol canvi, per mínim que sigui, inclosa la mera presència d'una visitant del futur en el passat, encara que no interactuï amb ningú, desplega una realitat paral·lela, crea un nou univers, a més de l'anterior, que comença tot just en el moment de la intromissió temporal. Malauradament, tot i que hem fet viatges al passat, no hi ha manera de comprovar cap d'aquestes teories, ja que, un cop fóssim a la nova realitat o al nou univers, no en seríem conscients. Per això, per precaució davant la incertesa dels efectes col·laterals del viatge, no només s'estudia la forma de minimitzar l'impacte temporal, sinó que el viatge en el temps només està permès en cas de perill d'extinció de la humanitat.

–Professora... –es va atrevir a intervenir l'Aurora, fascinada per totes aquelles idees.

–Sí?

–I no podria ser que en realitat no canviéssim el passat quan viatgem?

–Què vol dir?

–Que les viatgeres van estar sempre allà, al passat, tot i que venint del futur. És a dir, que sempre hi ha hagut viatgeres al segle XXI que hi han viatjat des del nostre segle.

La professora se la va mirar detingudament.

–Vol dir mirant el temps d'una forma no lineal.

–Exacte. Això crearia un bucle perfecte que no provocaria paradoxes. Mirant la història des de fora de la dimensió temporal..., no seria possible?

–Suposant que tota la història estigués ja escrita i que el temps fos merament una percepció humana. Però això implicaria que no tenim lliure albir, no?

–Bé, no ho sé... –va dubtar l'Aurora.

La doctora Kolmogórov la va mirar fixament abans de dir:

–O sigui, que vostè creu que el destí ja està escrit.

L'Aurora li va sostenir la mirada i va respirar fondo abans de respondre:

–És una possibilitat.

La professora va somriure, no va dir res més sobre el tema i va continuar la classe passant a la següent lliçó.

L'Aurora es va adaptar bé als estudis, tot i que era la més rebel de la seva promoció; la disciplina allà era duríssima i a ella li costava obeir. Però va resultar ser sorprenentment bona en matemàtiques temporals, així que va seguir la carrera fins al final. Al principi només ho va fer per dedicar-se a fer els càlculs matemàtics de les missions, però a mesura que avançava en els seus estudis va decidir que faria el salt. La teoria la fascinava, però poder experimentar el viatge en el temps la va obsessionar fins que ho va aconseguir.

–Estàs preparada? –va preguntar-li la instructora quan va arribar el moment.

–Sí.

–Saps els riscos. No només els físics, sinó també els emocionals. Tot i que estàs acostumada a tenir relacions amb dones, hem comprovat que el contacte amb homes pot causar problemes a algunes visitants.

–De quin tipus?

–Algunes podeu desenvolupar sentiments més forts dels desitjats cap a ells.

–Vol dir que ens podem enamorar d'ells igual que ho fem d'una dona?

–Efectivament.

L'Aurora només s'havia enamorat una vegada, d'una companya de classe que no la va correspondre. Va patir amb aquell amor platònic i li semblava poc probable que un home, dels quals havia vist imatges, li despertés els mateixos sentiments.

Després dels viatges preparatoris i dels viatges com a exploradora, es va fer visitant. Mai va tenir els problemes que la seva instructora li havia comentat. Ni tan sols gaudia gaire de les relacions sexuals, tot i que s'hi va acabar acostumant i no li molestava extreure el material genètic dels preservatius utilitzats durant el coit. Quan va començar els seus estudis, va preguntar ingènuament per què les visitants havien de mantenir relacions sexuals amb homes. En el passat hi havia bancs d'esperma, així que, per què no robar-lo d'allà directament? Així no caldria relacionar-se tan directament. Òbviament, la professora Kolmogórov la va corregir ràpidament. Les primeres generacions de dones posteriors a l'extinció dels homes havien nascut a partir d'aquestes reserves d'esperma. Si les robaven, totes aquestes dones no podrien haver existit. De fet, va ser l'acabament d'aquestes reserves el que va provocar la necessitat de viatjar en el temps. Així que l'Aurora es va resignar i va acceptar aquesta part més feixuga. Pel que va comprovar amb el temps, a moltes companyes seves sí que els afectava emocionalment intimar amb els objectius, però això no va ser cap problema per a ella. Va fer una dotzena de viatges com a visitant i mai es va sentir atreta per cap home. Però llavors va conèixer l'Adrià.

2
Barcelona, 2023

L'objectiu era un jove que treballava a la biblioteca d'una universitat. Les equacions estudiades meticulosament per les especialistes demostraven que una relació esporàdica amb ell no crearia cap distorsió en l'espaitemps. La seva existència havia estat tan anodina que no havia deixat cap rastre a la història: cap fet remarcable, cap descendent...

L'exploradora que li havien assignat es deia Beatriu i es van entendre molt bé des del començament. De fet, a més de la seva col·laboració professional, van començar una bona amistat. Li havia preparat papers falsos, obert un compte bancari i trobat un pis de lloguer. Quan l'Aurora va arribar al passat, es va instal·lar al barri de Sarrià, a prop d'una parada dels Ferrocarrils Catalans. Era un barri tranquil, comparat amb d'altres d'aquella ciutat, cosa que li convenia, ja que havia de minimitzar les relacions interpersonals. Evitava tant com podia els seus veïns i gairebé no sortia de casa. Va dedicar un parell de dies a repassar els detalls de la missió i a acostumar-se a parlar en el català de l'època amb gent real i no amb un simulador virtual. Tot i que no era el seu primer viatge a aquella època, sempre li calia polir l'accent. També va practicar com arreglar-se segons els cànons d'aquell temps. El seu físic era molt adient per als inicis del segle XXI: d'estatura mitjana, prima, amb el cabell curt i fosc, tenia un lleuger toc androgin; a més, la seva pell era una mica pàl·lida, fet que li ressaltava els ulls negres. Les dissenyadores de la missió havien buscat com a objectiu un home heterosexual solter i solitari; no seria difícil seduir-lo.

El dia indicat a la planificació, va agafar el tren cap a Bellaterra, una població als afores de la capital. Va arribar al campus de la Universitat Autònoma de Barcelona i es va barrejar amb els estudiants. Seguint les indicacions de la Beatriu, va buscar la biblioteca de la Facultat de Ciències. Havia de fer-se passar per estudiant de doctorat i fins i tot tenia un carnet universitari fals. Va arribar al primer pis i va deambular pels passadissos de prestatgeries. Llavors el va veure. El jove portava un petit carro i anava col·locant de nou al seu lloc els llibres que els estudiants havien deixat per les taules. El va mirar dissimuladament amb curiositat. Era alt i prim, tenia el cabell marró fosc i anava una mica despentinat. Vestia amb roba negra, la qual cosa el feia semblar encara més prim. L'havia reconegut per la fotografia que li havien inserit a la memòria de la seva polsera, però veia alguna cosa diferent en ell, no sabia dir quina. Com més se'l mirava, més notava que el seu llenguatge corporal l'atreia d'alguna forma. Va apropar-s'hi.

–Disculpa, busco llibres de teoria de la probabilitat.

El noi va deixar el llibre que tenia a les mans sobre el carro i la va mirar. L'Aurora va sentir una sensació estranya en veure-li els ulls, però no pel to de l'iris, que era castany envoltat d'un color mel. Eren tímids i dolços, però en fixar-s'hi li va semblar detectar al fons de la seva mirada una passió continguda que la va sobtar.

–La secció de matemàtiques és a l'altra banda de prestatgeries –va dir-li ell assenyalant amb la mà cap a l'esquerra.

El noi no va semblar mostrar interès per ella, així que l'Aurora va intentar allargar la conversa.

–Em podries recomanar algun llibre sobre el tema?

–Jo? –va preguntar–. Sé on són per temes i autors, però no n'he llegit cap. Em sap greu, però no tinc ni idea de matemàtiques.

Ella va agafar un dels volums del carro, hi va donar una ullada, però el va tancar ràpidament.

–Llavors..., de què me'n podries recomanar algun? –va dir amb coqueteria.

–No crec que t'interessi –va dir ell una mica torbat.

–Prova-ho.

L'hi havia semblat a ella o el noi s'estava ruboritzant?

–T'agrada la ciència-ficció? –va preguntar ell.

–Eh..., sí, és clar –va dir ella; en realitat no tenia ni idea del gènere, però calia improvisar.

–Doncs algun clàssic d'Asimov.

–Algun en concret? –va preguntar l'Aurora amb un somriure mentre jugava amb el llibre que tenia a les mans.

–Potser... *La fi de l'Eternitat*.

–I de què va?

–De viatges en el temps.

A l'Aurora li va caure el llibre a terra.

–Perdona –va dir, nerviosa.

–No passa res, ja ho recullo jo.

Els dos es van ajupir i van agafar el llibre a la vegada. Ell va sentir la seva olor i se li va accelerar el cor. Es van aixecar sense deixar de mirar-se als ulls. El contrallum de les finestres dibuixava les seves siluetes al mig de la biblioteca. Encara tenien el llibre agafat entre els dos. Ella el va deixar anar i ell el va col·locar al carro.

–Vaig a... –va dir ella confusa, assenyalant amb la mà cap a la secció de matemàtiques.

Va marxar en aquella direcció amb una lleugera sensació d'anar desorientada. Ell va mirar com ella s'allunyava i va evitar apropar-se a aquella zona; la noia l'havia torbat i no estava segur que li agradés la sensació. L'Aurora va passejar-se una estona per les prestatgeries. Finalment, va agafar un llibre a l'atzar i se'l va emportar cap al taulell de préstec. Allà va comprovar que les seves credencials falses d'estudiant de la universitat funcionaven. Va decidir deixar passar tot un dia abans de tornar a establir contacte. Ja al tren, va valorar la trobada i va concloure que havia anat prou bé, però quan pensava en el noi, una lleugera pressió al pit la feia dubtar: qui havia seduït qui?

3
Barcelona, 2023

La missió durava un termini màxim de sis mesos, temps suficient per dur-la a terme, però no prou llarg per establir grans lligams afectius. Quan l'Aurora no estava amb l'objectiu, havia de quedar-se reclosa a casa per reduir al màxim l'impacte de la seva estada a l'època. Van ser les setmanes més felices de la seva vida. Tots dos eren joves i es van enamorar. Fins llavors, les relacions que l'Aurora havia tingut en els seus viatges havien estat merament sexuals. Amb l'Adrià, tot eren rialles, amor i felicitat. Sempre quedaven a casa de l'Aurora quan ell acabava la jornada i també els caps de setmana. A l'Adrià li estranyava que ella no volgués sortir mai i intuïa que la noia amagava alguna cosa, però que fos misteriosa l'atreia més encara. El misteri va augmentar quan li va confessar el seu veritable nom. Primer li havia dit que es deia Alícia, ja que quan es viatjava es feia servir sempre un nom fals, però quan es va enamorar li va dir el de debò. Volia que, quan marxés, ell la recordés pel seu nom real. L'Adrià es va sorprendre molt, però l'Aurora li va explicar que el seu últim ex la va assetjar; per això no li havia volgut donar el seu nom real fins a estar segura que ell era de fiar.

Una nit, després de fer l'amor, ella va fer a l'Adrià la proposta més estranya que li havien fet mai. Li va dir que estava fent un doctorat en genètica i que necessitava mostres d'esperma per analitzar. Ell va riure molt, però després d'una estona es va adonar que la noia parlava seriosament. L'Aurora li va explicar que era molt complicat aconseguir mostres per fer recerca i que s'estalviaria molta burocràcia fent servir el seu. L'Adrià, per un moment, va sospitar que volia l'esperma per inseminar-se, però no tenia sentit: era més fàcil mentir dient que prenia pastilles anticonceptives o fer servir un preservatiu foradat. A més, per què voldria ella un fill seu? Al final hi va accedir i, des de llavors, van complir l'estrany ritual de treure amb compte l'esperma del condó després del coit per ficar-lo en un tub d'assaig i congelar-lo.

–A canvi dels meus fabulosos espermatozous has de venir amb mi a un lloc –li va dir un dia l'Adrià.

–A on?

El Teatre-Museu Dalí estava força ple i això va posar nerviosa l'Aurora. Ja s'havia saltat una de les principals normes de les visitants, la que prohibia enamorar-se, i ara era en un lloc públic ple de gent. Ell la va abraçar i va fer una selfie amb el mòbil. Una altra norma trencada: calia evitar fer-se fotografies o ser filmades en el passat. Però no podia dir-li que no. Sabia que, tot i que treballava de funcionari en la biblioteca d'una universitat, l'Adrià havia estudiat Belles Arts. Ell li havia explicat que Dalí era el seu pintor preferit des del moment que havia vist *La persistència de la memòria*. Va ser un dia tan meravellós que, ja al llit, ella li va dir una cosa a cau d'orella que va deixar l'Adrià sense paraules; se la va mirar i va assentir amb el cap, corprès.

Quan ets feliç, el temps passa d'una altra manera. A l'Aurora li semblava haver viscut una vida amb l'Adrià i, a la vegada, se li havia fet tan curt... El seu darrer dia en aquella època va sorprendre el seu estimat dient-li d'anar a la platja. Per segon cop van passar un dia fora de les quatre parets habituals del pis de l'Aurora. Van prendre un cafè amb llet a les Rambles. L'Adrià li va regalar una còpia impresa en paper de la foto que havia fet a Figueres i van passar un últim dia de felicitat a la platja, ella amb l'amargor del final. A la nit van dormir a casa d'ella, com era habitual. Era de matinada quan ell es va despertar. L'Aurora no era al llit. No va veure claror al lavabo, així que es va aixecar i va anar al passadís. El va sobtar una intensa llum que sortia de la cuina, va córrer cap allà i el que va veure el va deixar astorat. Va passar la resta de la nit en vetlla. Quan es va fer de dia va anar cap a la sortida del pis. Al rebedor va veure un exemplar de *La fi de l'Eternitat*, d'Isaac Asimov. El va fullejar. A la primera pàgina hi havia una frase escrita amb bolígraf: «Et trobaré a faltar.»

4
Barcelona, 2501

L'Aurora estava encegada per la voràgine de llum violeta habitual en el viatge. Quan es va aturar, es va trobar a la plataforma del salt, sacsejant el cap desorientada.

–Benvinguda –va dir en veu baixa l'executant.

–Què ha passat? On soc?

Durant el viatge era habitual oblidar-se de la pròpia identitat, la qual cosa sempre angoixava l'Aurora. Sovint trigava uns minuts a tornar a situar-se en la realitat. Va mirar l'executant, que portava un vestit aïllant pels gèrmens que ella podia haver dut del passat.

–Ho has portat? –va preguntar impacient la dona.

L'Aurora encara estava confusa, però va buscar a les butxaques i va treure una capseta negra; la va donar a l'executant, que li va dir:

–Gràcies. Aquesta és la Sira –va dir assenyalant una adolescent, també amb vestit aïllant, que esperava pacientment al fons de la sala–. T'ajudarà a recuperar-te del viatge.

La dona va marxar de l'estança i la va deixar tota sola amb la jove. Aquesta la va ajudar a sortir de l'hangar del salt i a passar per una cabina de desinfecció ultraviolada, mentre altres dones entraven a l'hangar per desinfectar-lo. Després, l'Aurora i la seva acompanyant van sortir a un passadís. Encara li tremolaven una mica les cames. La jove la va conduir a una habitació, on l'ajudaria a recuperar-se amb un bany calent i massatges, ja que els músculs quedaven adolorits amb el salt. La Sira es va treure el vestit aïllant i es va quedar en roba interior. Va obrir les aixetes d'una gran banyera que hi havia al mig de l'habitació i va posar-hi sabó. Va ajudar l'Aurora a desvestir-se. Un cop nua, la va ajudar a ficar-se dins la banyera. Mentre li fregava l'esquena amb una esponja, la Sira la mirava com si no s'atrevís a parlar; finalment es va decidir:

–On has estat?

–A la primera meitat del segle XXI, com sempre.
–Per què sempre aneu allà?
–Perquè a finals d'aquell segle va sorgir el virus.
–Però podríeu anar més enrere, no?
–Sí, però hem de minimitzar al màxim el perill de canviar la història. Com més retrocedim en el temps, més risc hi ha que un petit canvi creï un efecte papallona.
La noia va assentir amb el cap i va mullar l'esponja a l'aigua. Aviat va tornar a parlar.
–Com era aquella època?
–L'aire a les ciutats era irrespirable per la pol·lució i hi havia moltes desigualtats socials.
–I... –La noia va dubtar de nou.– Com eren ells?
–Els homes?
–Sí.
–Doncs no gaire diferents de les dones.
–La meva germana diu que no se'ns devien assemblar gens.
–Per què?
–Perquè, si no, la Deessa no els hauria extingit.
–Les deesses no existeixen, però si vols dir «deessa» a un virus...
L'adolescent va seguir fregant-li l'esquena, pensativa. De sobte, va preguntar:
–T'has enamorat alguna vegada d'algun donant?
L'Aurora va dubtar un instant, però de seguida va respondre:
–Això està prohibit.
La Sira va callar, i a continuació va afegir:
–M'hauria agradat coneixe'l.
–A qui?
–Al meu donant.
L'Aurora la va mirar amb afecte.
–Bé, alguna cosa saps d'ell, perquè una part seva està en tu mateixa.
L'Aurora va badallar i la Sira va callar per deixar-la descansar.
Al cap d'una estona, l'Aurora es va despertar, encara dins la banyera. Va mirar al seu voltant i va veure la jove ajudant mirant-la.
–Quanta estona he estat adormida?
–Gairebé una hora.
De sobte, l'Aurora va recordar alguna cosa que la va alarmar.
–On és la meva roba del viatge?

–Se l'acaben d'endur cap a la incineradora.

L'Aurora es va aixecar de cop i, encara nua, va sortir de l'habitació. Al fons del passadís va veure una dona amb una cistella i va córrer cap a ella fins que la va atrapar. Va agafar del cistell els pantalons del passat i va furgar dins les butxaques fins que en va treure una cosa. La dona la va mirar amb sorpresa, però no va dir res i va seguir el seu camí com si res no hagués passat. Sola en el passadís, l'Aurora va mirar el que havia agafat: era una foto en paper. Va mirar la fotografia, on es va veure ella mateixa somrient i abraçada a l'Adrià, que l'observava amb ulls clarament enamorats. L'Aurora va girar la foto; ell hi havia escrit al darrere: «T'estimo.» Una llàgrima li va caure dels ulls i va mullar aquelles paraules escrites en un passat que feia molt de temps que ja no existia. Es va eixugar la cara amb la mà i va respirar amb decisió. S'havia saltat les regles, i no només enamorant-se. Aquest cop no s'havia limitat a portar una mostra en un tub d'assaig. Es va acariciar el ventre i als seus llavis es va dibuixar un lleu somriure.

5
Barcelona/Londres, 2502

–És cert?

–Sembla ser que sí.

–Increïble!

–Encara han de fer més proves, però de moment tot és correcte.

El secretisme dins l'Hospital Central de Barcelona era infreqüent, però allò sobrepassava qualsevol esdeveniment de la història del centre. Es va decidir que la notícia no sortís d'allà, de moment. Després del descobriment, la directora de l'hospital va contactar amb les millors especialistes per ratificar els resultats de les proves. Un cop confirmats, va preparar-se una reunió per fer-los públics. Es va triar Londres, on hi havia un dels centres de recerca més importants del món. Sota l'excusa d'un congrés es van convocar les ments més brillants del planeta. La sala era molt gran i comptava amb un dispositiu on projectarien les imatges tridimensionals de les proves. La directora de l'Hospital Central de Barcelona va pujar a l'estrada del saló d'actes i es va adreçar a les convocades, que portaven xips traductors d'arracada.

–Benvingudes, som aquí per donar-vos una notícia transcendental que canviarà el món. –L'audiència va xiuxiuejar una mica alarmada, però la conferenciant va continuar sense immutar-se.– Des de l'hecatombe mundial que va acabar amb la meitat de la població, vam decidir manipular genèticament els embrions per assegurar-nos que el sexe dels nounats fos femení i així garantir la seva supervivència. Doncs bé, per raons que s'han escapat del nostre control, ha nascut un nen.

Un rebombori encara més gran va envair la sala.

–Silenci, si us plau, necessito la seva atenció. –L'audiència va callar.– Com ha pogut passar és el de menys, ara mateix. Hem sotmès el bebè a tot tipus de proves. En poden veure els resultats

–va afegir prement la seva polsera; les imatges tridimensionals van aparèixer al centre de la tarima.

A mesura que les assistents van anar veient les imatges, un rumor va estendre's per tot el saló.

–Efectivament –va continuar l'oradora–, el nen és immune al virus. Encara no sabem com és possible, però del seu codi genètic esperem extreure la clau perquè puguin néixer més nens. Per això les hem convocat. Estem segures que, col·laborant entre totes, podrem aconseguir-ho en breu.

L'audiència estava encara sorpresa, però de seguida van començar a aixecar-se mans per demanar la paraula.

–Abans de començar el torn de preguntes –va dir la conferenciant acompanyant les seves paraules amb un gest apaivagador de les mans– hem de tenir en compte que, a part de treballar en la immunitat genètica, hi ha un altre tema important a tractar: com comuniquem la notícia al món?

6
Barcelona, 2519

–Cancel·lar els viatges en el temps? Per què? –va dir la directora de l'Escola de Visitants de Barcelona aixecant-se de la cadira de l'escriptori.

Es trobava al seu despatx i tenia al davant una enviada de la comissió de regulació dels viatges temporals. La directora es va mantenir dreta, ja que l'enviada no havia volgut seure i ella volia estar a la seva mateixa alçada.

–Han passat disset anys des del Dia del Miracle. Hi ha centenars de nens mascles completament sans gràcies al codi genètic del nen immune. Hem analitzat l'esperma dels que ja tenen prou edat per produir-lo i és perfectament utilitzable; a més, replicarà la seva immunitat. No té sentit continuar amb els viatges –va dir l'enviada.

–Ja, però podem necessitar fer viatges per altres motius.

L'enviada va alçar una cella. Tenia la cara rodona i no tenia aspecte autoritari, però sabia compensar-ho amb el to de veu.

–Aquest programa es va autoritzar només amb el fi d'aconseguir material genètic. Qualsevol altre motiu sempre ha estat terminantment prohibit. No sabem quines conseqüències pot tenir canviar la història.

La directora la va mirar amb una certa manca d'expressivitat. No sabia si suplicar o intentar imposar-se. Estava a punt de perdre els nervis.

–Podríem seguir viatjant sense causar cap interferència en el passat, com fins ara.

–Amb quina finalitat?

–Estudiar la història.

–Massa perillós.

–O potser... –una brillantor va acudir als ulls de la directora– podríem millorar-la.

–Què vol dir?

–Imagini's, per exemple, evitar les guerres.

L'alta comissionada es va escandalitzar.

–És que s'ha tornat completament boja? No podem alterar la història!

–Podríem fer-ho sempre que calculéssim amb matemàtiques temporals que els beneficis fossin superiors als danys.

–Ni parlar-ne! Això ja es va discutir en el seu dia. Només es pot autoritzar un viatge en el temps en cas de perill d'extinció de l'espècie. Ni tan sols s'ha autoritzat viatjar per portar la immunitat del virus al segle XXI. Entre altres coses, perquè llavors ni vostè ni jo seríem aquí.

–Però, però... –va dir la directora–, què se'n farà, de la meva escola?

–Seva? Haig de recordar-li que la facultat és propietat de l'Estat? Serà cancel·lada, com tot allò relacionat amb els salts temporals. Prepararem una campanya a Internet per enfortir la idea que els viatges en el temps són una llegenda urbana i per desacreditar les matemàtiques temporals, que, d'altra banda, coneix molt poca gent.

–Mai podran fer veure que això no ha passat.

–La gent es creu tot el que veu a Internet. Aviat no quedarà ni rastre de tota aquesta història –va dir la comissionada mirant al seu voltant.

–Però a mi no em podran fer callar. Explicaré la veritat al món! –va cridar la directora–. És que no ho entén? I si ens trobem en una altra crisi que faci necessari viatjar en el temps?

La seva oponent la va mirar molt seriosa. Ella li va aguantar la mirada. Finalment, la comissionada va abaixar els ulls, vençuda.

–Està bé, vostè guanya.

–Com? –va dir la directora.

L'altra dona va tocar una polsera que portava al canell i en va extreure un petit xip.

–Esperava no haver d'arribar a això. Tingui –va dir-li estenent la mà amb el minúscul objecte.

–Què és, això?

–Els resultats de les últimes investigacions sobre els viatges en el temps, producte de l'anàlisi de tots els viatges que hem fet. És informació ultrasecreta. Com ja li he dit, tota aquesta tecnologia ha de desaparèixer.

–Però per què m'ho dona?

–No l'hi dono. Només l'hi deixo veure perquè comprengui que no té sentit seguir amb aquests viatges. El passat no es pot canviar.

–Com?

–El que sent.

–Però això és impossible! Llavors..., què hem estat fent tot aquest temps?

–Menys del que ens pensàvem, sembla ser.

La directora va agafar el xip i el va col·locar a sobre la taula, que el va absorbir i, tot seguit, va projectar-ne la informació de l'interior en una pantalla virtual que es va desplegar a l'aire. Eren un conjunt d'equacions molt sofisticades. Poques persones al món estaven qualificades per entendre-les; la directora del centre era una d'elles. Va analitzar, sorpresa, els números i símbols que flotaven sobre la seva taula.

–Però això... és possible?

–Ho hem confirmat amb l'observació empírica del resultat dels nostres viatges. Tot quadra.

La directora va reflexionar un instant i va assenyalar les equacions.

–I no coneixem l'origen... d'això?

–No ho sabem i no ho volem saber. Hi ha forces a l'univers que estan completament fora de l'abast de la nostra comprensió. Siguem humils com a científiques i acceptem-ho.

–Però..., per què hem d'amagar-ho?

–Mostrem la veritat? Com creu que reaccionaria la gent si ho sabés? Afortunadament, tot ha sortit bé. Deixem-ho així.

La directora va tornar a mirar les equacions i finalment va assentir, abatuda.

–Suposo que... té raó.

Va treure el xip i l'hi va retornar. La comissionada va sortir del despatx i la directora es va quedar sola. Va tancar la porta i va tornar a la seva taula.

–Projecta –va dir, i va veure de nou les equacions sobre la seva taula.

El que havia fet era delicte. Havia fet una còpia de la informació reservada del xip. Però necessitava corroborar el que encara no s'acabava de creure. Va tornar a analitzar les dades. Les conclusions que s'extreien d'allò eren força inquietants. Efectivament, no era convenient que el públic en general conegués la veritat, però es resistia a soterrar-ho tot com si mai hagués succeït. Va observar el seu despatx detingudament, com dient adeu a una època de la seva vida, i després va anar cap a la finestra; des d'allà va mirar les instal·lacions del campus amb tristesa. Unes estudiants passejaven camí de la facultat. Mirant-les, va sentir que el cor se li oprimia com si plorés per dins. Havia dedicat tota la seva vida al centre que ara havia de desaparèixer. Què faria a partir d'ara? Va tornar a mirar l'interior del seu despatx i va observar un retrat virtual que decorava una de les parets. Era de la doctora Punset, una de les seves heroïnes; una dona que, feia quatre segles, havia consagrat la seva vida a la ciència. Va apropar-se a la imatge i se la va quedar mirant. Llavors, sobtadament, se li va ocórrer un pla. La idea va sorgir dins del seu cap del no-res. Primer li va semblar absurda, però a poc a poc va anant prenent forma i es va decidir a portar-la a terme. No podia salvar la seva escola, però sí el secret del viatge en el temps...

–Bon dia, doctora –es va sentir una veu.

Ella es va girar i va veure un home darrere seu. Anava vestit amb algun tipus d'uniforme. Va sentir un calfred. L'home més gran del planeta tenia disset anys, però aquell individu en devia tenir més de trenta.

–Qui és, vostè? Com ha entrat aquí? –va preguntar amb tota la seguretat que va ser capaç de fingir per dissimular l'espant.

L'home es va limitar a dir:

–Ha d'acompanyar-me.

7
Barcelona, 2519

–Que la directora ha desaparegut? –va dir l'Aurora.

–Des de fa tres dies no se'n sap res. I s'espera el pitjor. No es va prendre gaire bé el tancament de l'escola –li va explicar la Beatriu.

–Vols dir que... pensen que pot haver-se suïcidat?

–És que no hi ha cap rastre d'ella. Com si s'hagués desintegrat. Això o...

–Què?

–Potser ha fet servir un últim cop la màquina, abans que la desconnectin.

–Ha fugit en el temps? –va preguntar l'Aurora.

–Qui sap?

L'Aurora sabia que a la seva amiga li agradava fer-se la interessant, però aquella desaparició era realment estranya. La Beatriu era l'única companya de la seva època de viatgera temporal amb la qual mantenia relació i era la seva confident en aquells temes. Paradoxalment, tot i que gràcies a l'Aurora es va poder recuperar la biologia masculina de l'espècie humana, li van prendre la condició de visitant i li van prohibir el viatge en el temps de per vida. Havia trencat el seu compromís quedant en estat i, per tant, ja no podien confiar en ella, però, per raons òbvies, la sanció no va anar més enllà. Ara treballava en un laboratori fent recerca. La seva carrera com a investigadora va començar analitzant la genètica del seu propi fill. L'Adri tenia ja disset anys i era un alumne notable que estava a punt d'accedir a la universitat. De fet, volia seguir els passos de la seva mare, però la cancel·lació dels viatges temporals li havia frustrat els plans.

Les dues excompanyes xerraven a la casa de l'Aurora, un pis petit però suficient per al seu fill i ella. Les finestres del saló deixaven entrar força llum de l'exterior aquell dia, mentre les dues amigues xerraven. Prenien cafè sintetitzat quan va arribar l'Adri. Era un jove alt i prim que tenia els ulls de la seva mare.

–Adri! Que gran estàs, ja! –va exclamar la Beatriu, i el jove va somriure–. L'any que ve a la universitat, no? Què estudiaràs?

–Cosmologia de branes.

–Carai, molt bé!

–Només he vingut a activar el codi de la sala d'estudi. Vaig allà a estudiar amb unes companyes.

Va ficar-se al passadís i va reaparèixer al cap de pocs segons. La seva mare se'l va mirar amb tendresa. Reconeixia en ell alguns trets de l'home que va estimar. Ell li va fer un petó a la galta.

–Adeu, mare.

–Adeu, Adri. Que estudieu bé. Tampoc passa res si coneixes alguna estudiant per allà que t'agradi.

El seu fill va posar els ulls en blanc, i després va riure. Quan va marxar, la Beatriu va adoptar un to de confident.

–Saps una cosa? Ara que els viatges s'han acabat, em sento, d'alguna manera..., alliberada.

L'Aurora li va agafar la mà.

–Potser buscaré parella –va afegir la Beatriu–. Alguna bona noia... o noi. Creus que soc massa gran per interessar algun jovenet? Aviat hi haurà majors d'edat. –Va riure.

–Allunya't del meu fill! –L'Aurora també va riure.

–En realitat, tu series millor opció com a parella, però encara segueixes enamorada d'un home d'una altra època...

L'Aurora va apartar la seva mà.

–Ja saps que no m'agrada parlar d'això.

–Perdona... Bé, val més que marxi. Ens veurem aviat?

–És clar.

La va acompanyar fins la porta. Quan la seva amiga va sortir, l'Aurora va mirar el saló. Si l'Adri marxava a la universitat que volia, que estava en una altra ciutat, es trobaria molt sola. El podia haver convençut d'estudiar virtualment, però era millor que es relacionés amb la gent més enllà d'una pantalla virtual. Va seure al sofà. Era dissabte, així que gaudiria d'una tarda tranquil·la mirant alguna pel·lícula al televisor virtual. Va posar un clàssic del cinema que veia sovint amb el seu fill quan era petit. Però el cansament la va vèncer i es va quedar adormida. Va despertar-se justament amb els títols de crèdit. El sol gairebé havia marxat del tot i entrava poca llum per la finestra, cosa que donava al saló un color entre fosc i ataronjat. Encara mig adormida, li va semblar veure una figura plantada al bell mig del saló. Estava somiant? Va sacsejar el cap.

–Fill? Ets tu? Ja has tornat d'estudiar?

La figura no contestava, així que va activar els llums amb la veu.

–Llums! –L'estança es va il·luminar.

Llavors es va despertar de cop. Va obrir els ulls del tot, sense creure's el que veia.

SEGONA PART
LA FI DE LA HUMANITAT

1
Nova Barcelona, 3002

–Vol dir que va haver-hi una època sense nens ni homes? –va preguntar, incrèdul, en Zèniek.

La mestra se'l va mirar amb un somriure condescendent. De tota la seva classe, aquell nen era sempre el més participatiu. Li va respondre amb la seva veu dolça i ben projectada.

–Efectivament. Un virus va erradicar els mascles de l'espècie humana.

–Però al món hi ha dones i homes –va insistir l'alumne, que, malgrat la seva curta edat, s'interessava per tots els temes.

–Això és perquè, després de quatre segles sense homes, va néixer a la fi un nen immune al virus, i a partir de la seva genètica vam poder vèncer la malaltia. És per això que el 29 de març celebrem el Dia del Miracle.

–I va ser un miracle de debò? –va preguntar el petit mentre la resta de la classe badallava o es distreia amb les seves pantalles virtuals.

–No. La immunitat va ser deguda a una mutació. Potser la mare va ser exposada accidentalment a alguna radiació, però el més probable és que fos una mutació natural aleatòria. Tot i que, és clar, també hi ha la llegenda que expliquem als nens i nenes quan celebrem el Dia del Miracle.

–Vol dir que no és certa?

–Que una viatgera en el temps va venir embarassada del passat i que el salt temporal va provocar la mutació necessària al fetus? Crec que és molt poc probable, la veritat –va dir la mestra, somrient.

–I d'on surt aquesta història, si no és certa?

–Qui sap d'on venen les històries, Zèniek? Probablement va ser una llegenda urbana generada per Internet.

–Què és Internet?

–Era el connector virtual primitiu que es feia servir a l'època. Però els viatges en el temps no són possibles. Si no, ho sabríem, no?

La mestra va mirar per la finestra. La llum que hi entrava la il·luminava del tot. De sobte va posar-se la mà al cap, com si estigués marejada, i va caure a terra.

–Senyora Angelina! –va cridar en Zèniek, que va córrer cap a ella, juntament amb altres estudiants.

La mestra tenia convulsions i el seu cos va tremolar fins que es va quedar immòbil. Era morta. En Zèniek va observar els alumnes que hi havia al voltant de la mestra i es va adonar que només s'havien aixecat els nois. Va mirar cap als seients de l'aula i va veure, horroritzat, com totes les nenes eren a terra amb convulsions i anaven quedant immòbils una a una, com joguines que es van apagant...

2
Sydney, 3003

En Lukas mirava la pantalla virtual. Les dades passaven vertiginosament davant seu. Altres treballadors havien estat fent el mateix durant dies sencers, sense dormir. Estava esgotat, a hores d'ara, però no era moment de defallir. A la fi, les dades van aturar-se. El jove tècnic va mirar-les i va obrir més els ulls. Ràpidament va accionar el comunicador que duia a l'orella.

–Ho ha aconseguit! De pressa, truqueu a les autoritats. Hola? És que no em sentiu?

–Rebut –va dir una veu poc entusiasta pel receptor.

–Què passa? Per què...?

–L'última sonda ha donat negativa.

–Què...?

–No hi ha res a fer. És la fi...

En Lukas va seure, abatut. L'ordinador quàntic havia trobat una vacuna contra el virus massa tard. Les sondes enviades arreu del món a la recerca d'un senyal cromosòmic femení humà no havien trobat cap resposta. No hi havia esperança. Era la fi de l'espècie humana.

3
Estats Units d'Amèrica del Nord i Canadà, 3005

El laboratori era fosc. Estava excavat al terra del desert, a l'antiga Arizona. Poca gent sabia que existia, a part dels que hi treballaven.

–Ha arribat el dia –va dir el doctor Williams.

–Ha costat dos anys de feina i milions de newdolars –va afegir el doctor Sanders.

Un reduït grup de científics s'havia reunit a la sala central de les instal·lacions, juntament amb l'equip de tècnics de laboratori. Van mirar la seva obra mestra: una gran càpsula transparent on un fetus, flotant en un líquid amniòtic sintètic, es movia lentament. Tots els presents miraven fascinats la criatura.

–Procedeixi –va dir finalment el doctor Williams a un tècnic.

L'home es va botonar la bata blanca com si volgués estar més arreglat per al gran moment. Va apropar-se a un quadre virtual de control que flotava a l'aire i va tocar un botó. La càpsula va buidar el líquid del seu interior per un desguàs i el fetus va quedar surant en un estat d'ingravidesa provocat per l'aparell. Acte seguit, el tècnic va prémer un altre botó i la porta transparent es va obrir. Va explorar el nadó amb un escàner portàtil.

–Constants vitals correctes –va confirmar mirant els resultats.

El doctor Williams s'hi va acostar i va agafar el nadó en braços, com un pare anhelant. Se'l va mirar com hipnotitzat. El petit ésser es va moure i va obrir els ulls amb dificultat, com si li fes mal la llum. L'home observava meravellat la seva creació: un nadó fet sense un úter matern, un nen de laboratori. Va fer l'efecte que el petit mirava el doctor. Tenia els ulls molt oberts, però els nounats no tenen la zona central de la retina desenvolupada i la seva visió és molt limitada, així que és poc probable que hi veiés gaire. L'hi va semblar al doctor o el nadó li somreia? De sobte, es va sentir un senyal acústic de l'escàner.

–Que estrany –va dir el tècnic–. Les constants s'estan accelerant a una velocitat increïble.
–Què vol dir? –va preguntar el doctor Sanders.
–No ho entenc, no pot ser –va aclarir el tècnic del laboratori–. És com si s'estigués desenvolupant a una gran velocitat.
El doctor Williams va veure com el nen li somreia més encara. Sabia que no era un somriure social, sinó un acte reflex habitual en els nadons. Però, en somriure, el nounat va mostrar les genives i en Williams, sorprès, va veure com les dents li estaven començant a sortir.
–És increïble! –va exclamar amb una rialla.
Tanmateix, la rialla es va glaçar de sobte quan va comprovar que les dents no eren normals, sinó estranyament punxegudes. D'improvís, el nadó li va saltar al coll i el va mossegar a la jugular. El doctor Williams va cridar de dolor. Després d'un moment de desconcert, l'equip de tècnics va agafar el nadó i el va separar de l'investigador. En Sanders va auxiliar el seu col·lega mentre tots veien, al·lucinats, com el nadó, només amb la sang que acabava d'absorbir, havia crescut el doble de la seva mida. Mostrava les dents amenaçadorament i les ungles també li creixien en forma d'urpes.
–Senyor –va dir el cap de tècnics al doctor Sanders–, què fem?
L'investigador va mirar en Williams, que gemegava de dolor, mentre intentava aturar-li l'hemorràgia del coll. Tot seguit va mirar cap a la criatura, acorralada en un racó del laboratori per l'equip de tècnics. S'estava transformant davant dels seus ulls en un monstre clarament agressiu, una bèstia perillosa que se'ls mirava com un animal assetjat. Li sortia escuma per la boca, regalimant-li per uns ullals molt afilats. En Sanders va cridar els tècnics.
–Matin aquesta monstruositat! Immediatament!
No tenien armes al laboratori, així que un dels tècnics va agafar un bufador i, dirigint la flama contra la criatura, la va cremar viva, mentre aquesta proferia crits espantosos.
Unes hores més tard, amb el doctor Williams hospitalitzat greu, en Sanders va fer una trucada amb el seu comunicador de polsera, encriptant-la amb el màxim nivell de seguretat.
–Codi Alfa-qx15.
Va esperar uns segons.

–Informi –va dir una veu a l'altra banda del comunicador.

–Avortem projecte ectogènesi.

–Tan malament ha anat?

–Molt pitjor del que esperàvem.

–Una aberració genètica?

–Afirmatiu.

–Llavors tenia raó l'ordinador quàntic.

–Sí –va confirmar en Sanders.

–Ens hem saltat totes les lleis d'ètica genètica per a no res.

–Era necessari provar-ho, encara que només fos per descartar-ho.

–Ningú no ho ha de saber.

–Així serà. El comitè científic recomana anul·lar el programa completament.

–Autoritzat.

–Gràcies, senyor president.

4
Sydney, 3005

En Lukas provenia d'una família humil. Des de petit va mostrar un gran talent per a la informàtica virtual. Això li va donar l'oportunitat d'estudiar mitjançant beques i assolir una formació molt bona. Quatre anys abans havia aconseguit el seu somni: treballar de programador al Gran Ordinador Quàntic, la computadora més gran del món. Però no havia pogut salvar la seva família; havia perdut la mare i una germana. Havia trobat una vacuna per al virus mortal, però massa tard. Tot i així, el fet d'haver aconseguit una vacuna, mentre que tots els altres tècnics, amb més experiència, havien fracassat, li va fer guanyar un nom en el seu camp. Potser per això va ser convocat pel supervisor en cap del supercomputador.

–Qui vol saber de mi? –va preguntar, sorprès.

–El president dels Estats Units d'Amèrica del Nord i Canadà –va repetir-li el supervisor.

Els Estats Units no eren el gran imperi d'altres èpoques, però encara era un poderós país amb gran influència. En Lukas no podia entendre que el president hagués preguntat per ell. Mirava el seu superior sorprès. Era un home corpulent, mentre que en Lukas era baixet i poca cosa, amb una cara prima i pàl·lida que li donava aspecte de malalt.

–Van preguntar pel programador que va aconseguir la vacuna i els vaig donar el teu nom.

–Però..., què volen de mi?

–Una solució.

–És massa tard. La vacuna ara ja no té sentit.

–Ja ho saben. Volen opcions per a la supervivència de l'espècie sense dones.

–També s'ha provat –va dir en Lukas al supervisor–. La dona és insubstituïble en el procés de gestació. Intentar emular-la artificialment només donaria lloc a una aberració genètica.

–També en són conscients. El que volen és que algú plantegi el problema amb una altra perspectiva, amb pensament lateral.

–Ja. Miri..., això és molta responsabilitat.

–Escolta, Lukas. De què tens por? Què hi pots perdre? La humanitat s'enfronta a l'extinció.

El jove programador se'l va mirar, va respirar fondo i va assentir lleument amb el cap. Tenia carta blanca per fer el que volgués i accés al computador a tots els nivells.

Poc després estava sol davant l'ordinador. El maquinari no era més gran que un moble petit. La major part de les seves funcions es projectaven en forma d'holograma. «Pensament lateral», es deia a si mateix. Ja s'havia plantejat el problema de totes les formes possibles, què dimonis esperaven d'ell? No hi havia manera de substituir la dona en el procés de... «Un moment», va pensar, «i si no substituïm la dona?» S'havien provat tota mena de consultes, però sempre des de la suposició que la dona havia de ser substituïda. Tot i que era una bogeria, va provar de programar una consulta tan insòlita que a ningú no se li havia acudit abans. Va demanar una solució per al problema, però excloent específicament que la dona fos substituïda en la procreació i excloent també qualsevol solució de tipus genètic. Era un intent a la desesperada, per descomptat. Quan va acabar d'introduir les dades va anar cap a la màquina de cafè, però abans que arribés a la porta, el computador va donar senyal de resposta. Li va estranyar que l'ordinador respongués tan ràpid. Segurament era perquè no hi havia cap resposta possible. En analitzar les dades es va sorprendre: hi havia una solució. Quan la va llegir, va quedar amb la boca oberta.

5
Sydney, 3005

–Que l'ordinador ha dit què?

L'home tenia la vena del coll inflada. La notícia l'havia trasbalsat notablement. Al despatx hi havia el Comitè d'Emergència Mundial per tractar la crisi vírica, reunit a petició del president dels Estats Units. L'home que havia reaccionat així era el president del comitè. En Lukas va mirar les cinc persones allà reunides, les màximes autoritats en la crisi. El despatx era gran. Estaven asseguts al voltant d'una taula ovalada i tots tenien xips traductors implantats a l'orella.

–Bé, ha dit que... l'única solució seria... viatjar al passat –va repetir el jove tècnic.

–Però és una broma? –va cridar el president del comitè–. Això de viatjar en el temps és l'únic que se li acut, a aquest trasto inútil? Va costar milions! Li deleguem la presa de les decisions més importants a nivell mundial... i ara resulta que està boig? Això ens passa per confiar en màquines!

–Si l'ordinador quàntic diu que és l'única solució, potser és la seva forma de dir-nos que no hi ha solució –va apuntar un dels presents, pertanyent a la delegació xinesa.

–Podria ser menys subtil i dir clarament que estem condemnats –va replicar el president–. Els viatges en el temps són una quimera.

–Ehem.. –El membre més gran del comitè, de la delegació russa, va estossegar lleugerament.– Això no és del tot correcte.

–Què vol dir? –va preguntar el president.

–Quan jo estudiava el doctorat a la universitat –va explicar–, corria un rumor. Es deia que hi havia una manera de viatjar en el temps, però que s'havia fet el possible per amagar-la. Només un petit grup d'iniciats sabria les claus per aconseguir-ho.

–De què m'està parlant, ara? Insinua que hi ha alguna mena de secta que sap com viatjar en el temps?

–Durant prop de cinc segles, un grup de científics hauria guardat el secret del viatge temporal. Suposant que fos cert, només hi hauria un problema.

–Quin?

–Sembla que totes les iniciades eren dones.

–És clar! –va exclamar el president del comitè–. Les úniques que podien conèixer aquest secret estan totes mortes. Això són bajanades!

–No ho crec pas –va dir el delegat de la Unitat Africana.

–Per què? –va preguntar secament el president.

–Perquè la meva esposa era una d'aquestes dones.

6
Nova Barcelona / Sydney, 3005

–Zèniek, vindràs a la zona prohibida?

El nen va mirar els seus amics amb cara abatuda. Als deu anys era tradicional a la seva escola fer una prova de valor: anar al que anomenaven «la zona prohibida». Vivien als afores de Nova Barcelona i, a pocs kilòmetres del seu col·legi, hi havia una mena de poble abandonat envoltat d'un gran filat. Vells cartells que alertaven de perill feien de tètrics guarniments d'un lloc al qual no s'acostava ningú per por que estigués contaminat. Es deia que eren les restes d'una antiga central nuclear de fissió i que era perillós apropar-s'hi per possibles fugues radioactives. En Zèniek sempre havia desitjat que arribés aquell moment, ja que representava una iniciació: li permetria demostrar el seu valor i que ja s'estava fent gran. Però d'ençà de la tragèdia que havia assolat el món, estava deprimit. Els homes havien mirat de seguir educant els nens com si res no hagués passat, però no hi ha res pitjor per a un criatura que perdre la seva mare d'una forma sobtada com aquella. També havien perdut germanes, altres familiars, amigues, mestres... Alguns miraven de no pensar-hi, com ara el seu grup d'amics de l'escola, fent l'anhelada demostració de valor. Per a ell, aquella prova ja no tenia gaire sentit; tanmateix, finalment es va deixar convèncer. Potser el distrauria del seu neguit.

–Diu que la seva dona era una d'aquestes... iniciades? –va preguntar un altre dels membres del comitè.

–Sí. Ella em va confessar que formava part d'aquest estrany grup de científiques. La veritat és que mai no m'ho vaig acabar de creure, però ara..., potser la nostra única esperança és creure en l'impossible.

–Li va donar alguna informació per poder viatjar en el temps? Tenia alguna cosa gravada al seu dispositiu personal? –va preguntar el delegat rus.

–El seu darrer dia al món, havíem estat veien les notícies –va dir el delegat africà amb tristor a la veu–. Sabíem que la malaltia es propagava per l'aire, que travessava qualsevol matèria i que no hi havia cura. Quan la va agafar, ella sabia que seria fulminant. Em va mirar amb tristesa, va treure's un penjoll que portava sempre al coll i me'l va donar abans d'expirar als meus braços. Les seves últimes paraules van ser: «Clau Chronos...»

Els nens van agafar provisions i van fer la llarga excursió, a peu, fins a la zona prohibida. En sortir als afores van fer camí per una zona no urbanitzada que semblava no acabar-se mai. Ja començaven a estar esgotats quan van veure en la llunyania l'estrany poblat envoltat de filat. Des de feia temps es coneixia un forat pel qual es podia passar. Es localitzava gràcies a un gran roure que hi havia tot just al davant de l'obertura. Els nens van començar a passar pel forat del filat. Eren cinc. Un d'ells va dubtar un moment.

–Què? –li va preguntar un altre–. Tens por?

–És clar que no! –va exclamar ajupint-se i travessant a quatre grapes la reixa.

L'últim en passar va ser en Zèniek. No tenia por, sinó manca d'interès. Senzillament, sentia que les coses que per a ell eren importants abans, ara ja no ho eren. Què importava demostrar res quan un virus es podia endur allò que més estimaves? Va seguir els seus amics de forma automàtica, com qui fa per inèrcia una cosa indiferent per a ell. Un cop a dins, van caminar fins on hi havia alguns edificis abandonats. Els nois van passejar pel lloc i van entrar a investigar les diferents construccions. En Zèniek va deambular sense rumb per aquell indret. Quan se'n va adonar, s'havia allunyat dels seus amics i estava a prop d'un edifici estrany. Estava clar que feia segles que estava abandonat. Un tros de façana havia caigut i havia deixat al descobert una petita obertura. El nen va mirar cap als seus companys de classe i, com que va veure que es ficaven als edificis, els va imitar entrant dins d'aquell.

–El penjoll..., el conserva? –va dir el delegat rus amb impaciència continguda.

El delegat africà els va mirar a tots i, tot seguit, va treure's lentament un penjoll que portava sota el coll de la camisa.

–Sempre el porto amb mi... –va dir, mirant-lo amb tristesa.

–Deixi'm veure'l, si us plau –va demanar el rus.

El delegat l'hi va donar i l'altre se'l va mirar amb atenció. Era una petita medalla d'or que tenia gravada el que semblava un ou trencant-se.

–Estic gairebé segur... –va dir el rus donant voltes a la medalla i mirant-la per tots costats–, gairebé segur...

–Què? Digui-ho d'una vegada, rus del dimoni! –va exclamar el president del comitè.

El rus se'l va mirar una mica empipat, però es va contenir i va dir calmadament:

–Estic gairebé segur que aquesta medalla amaga algun tipus de xip. Proposo implantar-la en el lector universal del superordinador quàntic.

En Zèniek caminava amb cautela per l'interior de l'edifici. Estava en mal estat i a més estava fosc, tot i que hi entrava una mica de llum de l'exterior per les finestres, malgrat que tenien un dit de pols. Aquell lloc semblava una mena de laboratori. De sobte, va sentir un soroll. Es va girar i li va semblar veure que alguna cosa s'havia mogut. Tenia ganes de sortir d'allà, però llavors va recordar que l'objectiu de la prova era demostrar valor, així que es va obligar a quedar-s'hi a investigar. Va anar cap on havia vist moviment. Quan ja hi estava a prop, va sentir un altre soroll, aquest cop a l'altra punta de la sala. Va córrer cap allà, disposat a veure què o qui hi havia. El soroll venia de darrere un moble. Va apartar-lo i, de sobte, va fer un crit. Una rata li havia saltat a sobre i ell va caure cap enrere, apartant-la amb les mans amb fàstic. Així que ella era la responsable del soroll. Es va aixecar i es va espolsar la roba. Es va aturar de sobte amb un calfred quan va sentir una mà sobre la seva espatlla dreta.

En Lukas i els membres del comitè van plantar-se davant del computador quàntic. Van deixar que fos el propi delegat africà qui col·loqués la medalla al lector universal de l'ordinador. Un raig lluminós de color blau va començar a fer escombratges de la joia.

Els delegats observaven amb anhel. La silenciosa màquina analitzava la medalla d'or, però semblava que no llegia res. El president del comitè va sospirar.

–Treguin això d'aquí –va dir, vençut.

–Si us plau, senyor –va demanar en Lukas–. Només un minut més.

El president el va mirar i va assentir lleument amb el cap. De sobte, tant la pantalla virtual com tots els llums de l'ordinador es van apagar.

–Què passa? –va preguntar el president.

–No ho sé... –va dir en Lukas–. Es com si s'hagués desconnectat!

En Zèniek no s'atrevia a girar-se, però finalment ho va fer. En Màrius, el seu millor amic, era qui l'havia agafat per l'espatlla.

–Què fas, aquí? És que no ens senties?

La resta de companys estaven entrant a la sala.

–Carai, aquest lloc està molt abandonat –deia un d'ells.

–No hi deu haver bestioles per aquí, oi? –va preguntar un altre.

En Zèniek va sospirar.

–Quin ensurt m'has donat! M'acabava d'atacar una rata –va dir.

–Una rata? –es va alarmar l'altre company.

–Bé –va dir en Màrius–, aquest lloc promet. Anem a investigar.

–M'està dient que acabem d'espatllar l'ordinador més car del món? –va dir el president.

Tots els reunits van mirar la màquina. Era una computadora d'ús mundial. Les decisions que afectaven les grans zones administratives (Europa, els Estats Units d'Amèrica i Canadà, la Unió de Rússia i els Països de l'Est, Xina, les diverses federacions asiàtiques, la Confederació Sud-americana, la Unió Africana i Oceania) es prenien mitjançant el gran computador quàntic. Aquest analitzava les dades i proposava les diferents opcions i les seves possibles conseqüències.

–Mirin! –va dir en Lukas assenyalant un petit llum que parpellejava–. Crec que s'està reiniciant.

Efectivament, la màquina semblava que tornava a funcionar. Diversos llums es van activar, però la pantalla virtual seguia sense aparèixer. Sobtadament, la porta automàtica del laboratori es va tancar, així com les finestres, que van abaixar unes persianes metàl·liques.

–Què passa ara? –va preguntar un dels delegats.

–Estem tancats, atrapats! –va cridar un altre.

–La meva polsera no té cobertura –va dir el delegat dels Estats Units–. Estem incomunicats.

–Què significa això? –va preguntar el delegat de la Confederació Sud-americana.

La pantalla virtual va aparèixer i va mostrar una imatge: un gran ou daurat esquerdant-se com si estigués a punt d'obrir-se. Una veu va sorgir de l'ordinador i va inundar la sala:

–Benvinguda, vigilant.

7
Nova Barcelona / Sydney, 3005

Els cinc nens caminaven per la planta baixa d'aquell edifici abandonat fins que van arribar a una porta que deia: «Prohibit el pas». Tots cinc es van mirar i van somriure. En Màrius va dir:

–Hem d'entrar-hi com sigui!

–Però com? –va preguntar en Zèniek–. Has vist el gruix d'aquesta porta? Deu ser d'acer massís!

En Màrius va mirar al seu voltant. Decidit, va començar a prémer tots els botons que va veure.

–Però de debò creus que cap botó obrirà la porta? Això està abandonat. No deu haver-hi energia, aquí –va dir un dels amics, el més petit, que es deia Jacob.

De sobte, es va sentir un soroll. Els nens van quedar parats, quiets com estàtues. Es van mirar sense saber què fer. A l'instant següent, la porta grinyolava i començava a obrir-se. En Màrius va somriure cofoi, i va convidar a passar els seus companys amb un afectat gest del braç. A la sala següent no hi havia finestres, així que no hi entrava llum de l'exterior. En Màrius va provar d'encendre els llums prement de nou tots els botons que va veure, aquest cop sense resultat. En Zèniek va dir:

–Llum.

El llum incorporat al seu dispositiu de polsera es va encendre; els seus amics el van imitar. Van avançar amb cautela sentint-se autèntics exploradors.

–Ordinador, qui són, les vigilants? –va preguntar en Lukas.

La computadora no va contestar.

–Qui són? –va repetir el president del comitè, amb to exigent.

La computadora va abaixar els seus llums i es va limitar a dir:

–Clau d'accés.

El president va mirar en Lukas amb incredulitat.

–Què diu ara, aquesta màquina?

–Ràpid! Què era el que li va dir la seva dona abans de morir? –va preguntar en Lukas al delegat africà.

–«Clau Chronos» –va respondre aquest.

En Lukas va dir llavors:

–Entrada. Nivell accés 5. Dades: «Cronos».

L'ordinador no va fer res.

–És possible –va dir el delegat europeu– que distingeixi entre «Cronos», el tità de la mitologia grega, i «Chronos», la personificació del temps, segons aquesta mateixa mitologia.

–Quina diferència hi ha? –va preguntar en Lukas.

–Entri amb el teclat virtual –va proposar el delegat.

En Lukas va dir:

–Teclat.

Un teclat hologràfic va aparèixer davant seu.

–Polsi «Chronos», amb *h* després de la *C* –va explicar el delegat europeu.

En Lukas ho va fer i, immediatament, tant els llums de l'ordinador com la pantalla virtual van avivar la seva intensitat.

–No hi deu haver més bestioles..., oi? –va dir l'Eloi, un nen pèlroig amb la cara plena de pigues.

–Què vols dir? –va preguntar en Jacob.

–Ja saps..., rates.

–L'Eloi té por. Pensava que això era una prova de valor –va dir en Nathaniel, el més corpulent del grup–. Aaaah! –va cridar tot seguit.

–Què passa? –va preguntar en Zèniek.

–Se m'ha ficat alguna cosa per dins la camisa! Traieu-me-la! Ajudeu-me!

En Nathaniel es va treure la camisa i la va llençar a terra. De sota la peça de roba va sortir una panerola enorme.

–Quin fàstic! –va exclamar en Nathaniel.

–«Pensava que això era una prova de valor...» –va dir, burleta, l'Eloi.

–Va, continuem –va dir en Màrius, impacient.

Eren en una sala enorme, la part central de l'edifici, i els envoltaven tot de màquines d'aspecte estrany. No s'assemblaven a res del que haguessin vist abans. Al bell mig de l'estança hi havia una gran cabina. Era transparent i tenia la porta oberta.

–Bé –va dir en Màrius, desafiant–, qui serà el primer a entrar-hi?

–Qui són, les vigilants? –va repetir en Lukas.

L'ou daurat que mostrava la gran pantalla virtual semblava que bategava.

–Les vigilants –va dir la computadora– són un orde secret de científiques, guardianes del secret del viatge en el temps.

–Però... és possible aquest miracle? –va preguntar el delegat rus, meravellat.

–Un miracle és una cosa impossible –va respondre l'ordinador–. Viatjar en el temps és perfectament factible.

–No..., no. Això ha de ser una broma de mal gust –va dir el president del comitè–. Si una cosa així fos possible, ho sabríem!

–Es va ocultar per evitar que es viatgés en el temps –va explicar la màquina.

–Per què? –va preguntar en Lukas.

–El viatge està prohibit.

–Per qui? –va preguntar el president.

–Per les vigilants.

–A veure si m'aclareixo –va dir el president–. Les vigilants saben com viatjar, però ho prohibeixen?

–Les vigilants no només guarden el secret, també s'encarreguen que ningú pugui trobar la forma de fer el viatge. Mitjançant la meva xarxa esborren qualsevol intent de recrear la matemàtica temporal.

–La què? –va preguntar el delegat rus.

–Matemàtica temporal: branca de les matemàtiques creada per la matemàtica i física Marie Leblanc, necessària per desenvolupar els càlculs del viatge, així com per determinar els canvis mínims per variar un fet en el temps sense alterar la realitat general.

–No havia sentit mai a parlar d'aquestes matemàtiques –va dir el rus.

–Només les coneixien unes quantes iniciades. Al segle XXVI es va crear la matemàtica pragmàtica per desacreditar les matemàtiques temporals –va continuar explicant l'ordinador–. Van convèncer les poques que les coneixien que eren errònies. Després es va esborrar qualsevol referència a l'antiga xarxa d'Internet.

–Però per què impedir viatjar en el temps? –va preguntar en Lukas.

–Qualsevol alteració en els esdeveniments de l'espaitemps de Minkowski pot tenir conseqüències imprevisibles –va dir l'ordinador.

–Llavors tot això no ens serveix de res. Tot és teoria. Mai no s'ha fet –va lamentar-se el delegat dels Estats Units.

–Oh, sí que s'ha fet –va corregir-lo la computadora.

El president del comitè va alçar les celles.

–Ja hi entro jo –va dir en Zèniek.

–Així m'agrada! –va exclamar en Màrius.

En Zèniek es va ficar a la cabina i va seure al seient ubicat a l'interior, havent espolsat primer la capa de pols que el cobria. Va mirar al seu voltant: als costats hi havia el que semblaven comandaments d'un vehicle estrany. Els seus amics se'l miraven fascinats.

–Sembla una nau espacial! –va exclamar en Jacob.

–Prem algun botó –va dir en Nathaniel amb entusiasme.

–Ves amb compte –va demanar-li l'Eloi.

En Zèniek va mirar els botons. En destacava un de gran i vermell. Se'l va mirar amb curiositat morbosa. Va apropar-hi el dit i el va prémer.

–Ja... s'ha fet? –va preguntar en Lukas.

–Afirmatiu. Les primeres vigilants havien estat viatgeres.

–Viatgeres! –va exclamar el president.

–Així es deien les especialistes en viatges temporals –va dir la màquina–. També es va esborrar de les xarxes qualsevol pista sobre elles i es va consolidar la idea que la seva existència era una llegenda urbana.

–S'està contradient! –va dir el president del comitè–. No deia que el viatge temporal estava prohibit?

–Només es pot autoritzar en un cas –va aclarir la computadora.

–Quin? –va preguntar el delegat rus.

–Perill d'extinció de la humanitat –va avançar-se en Lukas.

–Correcte –va respondre la màquina.
–Però això vol dir... –va dir en Lukas.
–Què? –va preguntar el president.
–El Dia del Miracle!
–Què diu ara, vostè?
–No ho entenen? No és una llegenda!

En Zèniek va mirar cap amunt, com esperant que passés alguna cosa. Però res. Així que es va aixecar per deixar seure un altre company. Abans que sortís, però, la porta transparent de la cabina es va tancar.

–Ostres! –va dir en Màrius.

En Zèniek va mirar la porta. Tot i la pols, podia entreveure els seus companys a l'altra banda. Va tocar la porta i va mirar de moure-la, però no cedia ni un pam. Els seus amics, espantats, van fer el mateix per l'altre costat. L'Eloi estava més preocupat que ningú.

–I si li falta l'aire? L'hem de treure d'aquí! –va exclamar.

–Sí, sí, no et posis histèric –va dir-li en Màrius.

En Zèniek es va començar a posar nerviós i va picar la porta transparent, primer amb les mans i després donant cops de puny. Els seus amics van imitar-lo. En Nathaniel va trobar una mena de palanca metàl·lica a terra, la va agafar i va començar a donar cops contra la porta. Tanmateix, era d'un material molt dur. Van estar així una bona estona, a prop d'una hora. En Zèniek va pensar que, si no podia sortir d'allà, potser sí que se li acabaria l'aire. O, suposant que l'aire hi entrés d'alguna forma, acabaria morint de gana. Així que no hi hauria més remei que enviar algú a avisar un adult abans que fos massa tard. Els ho anava a dir quan va veure en Màrius prement botons a l'exterior. Sens dubte creia que, amb sort, trobaria el que obria la cabina. De sobte, en prémer un botó blau, els llums de la cabina es van encendre. En Zèniek els va mirar amb inquietud. No sabia què podien significar però, paral·lelament, va sentir-se una vibració cada cop més intensa.

–Vol dir que el que celebrem el 29 de març tracta d'una d'aquestes viatgeres? –va preguntar el president.

–Efectivament –hi va estar d'acord el delegat rus.

–Però llavors van fer alguna mena de màquina del temps, no? –va preguntar el delegat dels Estats Units.

–Ordinador –va dir en Lukas–, es conserva la màquina amb què van viatjar en el temps?

–Es van construir quatre màquines, distribuïdes en diferents parts del món –va dir la veu, que, malgrat estar molt aconseguida, tenia alguna cosa artificial–. Tres van ser desmantellades.

–I l'altra? –va preguntar el rus.

–Està abandonada.

–On està ubicada? –va dir el president.

Un enorme mapa del món va aparèixer a la pantalla. Un punt vermell parpellejava en un lloc d'Europa.

–Ordinador –va manar el president–, avisa les autoritats locals; que enviïn immediatament l'exèrcit cap allà. Codi d'autorització Beta 324.

–Fet –va respondre l'ordinador quasi a l'instant.

–Podria fer-se servir, encara? –va preguntar en Lukas.

–Calibrant a la xarxa... –va dir la màquina.

Tots els reunits van esperar uns segons amb tensió.

–Operativa.

El grup va respirar alleujat.

–Un moment –va afegir la computadora–. Detecto activitat.

–Com? A la màquina del temps? –va dir el president.

–Algú l'ha activada –va contestar l'ordinador.

La cabina es va posar en moviment i va començar a baixar. En Zèniek va mirar els seus companys, que estaven tan espantats com ell. L'artefacte era alguna mena d'ascensor. Baixava i baixava i en Zèniek mirava al seu voltant sense saber què fer. Devia estar bastants metres sota terra quan es va aturar. La porta es va obrir i en Zèniek va respirar alleujat. Va sortir i els llums de l'estança soterrada es van encendre automàticament, i van revelar una gran sala, semblant a un hangar. També es van encendre unes línies de llum a terra que marcaven una mena de camí, que el nen va seguir. Era ben bé una figura diminuta deambulant per una gran superfície blanca. Les parets també eren blanques, només una mica enfosquides pel pas del temps. El lloc semblava molt hermètic; tanmateix, devia haver-hi algun sistema de ventilació que encara funcionava, ja que l'aire no estava especialment carregat. El sostre era molt alt, exageradament alt, de fet; el motiu d'aquelles grans dimensions se li escapava, a en Zèniek. El camí marcat el dirigia cap al centre de la sala, on hi havia un cercle fosc a terra. Els llums que el guiaven van envoltar el cercle però ell es va aturar abans d'arribar-hi. Va mirar al seu voltant i es va adonar que una mena de canons apuntaven cap al cercle des de les quatre parets. Va mirar cap amunt i també hi havia un canó al mig del sostre apuntant cap avall. Va sentir sorolls. Els seus amics devien haver trobat alguna manera de baixar fins allà?

–Ei, soc aquí! –va cridar.

Els seus companys van entrar per una petita esquerda d'una portella que hi havia a l'altre extrem de l'estança. Esbufegaven.

–Mare meva, quantes escales! –es va queixar l'Eloi.

Tot el grup va anar cap a en Zèniek i ell va anar cap a ells, passant per sobre del cercle central del terra. Però així que el va trepitjar, els llums d'aquell lloc es van tornar vermells. En Zèniek es va quedar un moment clavat, sense atrevir-se a moure's. Abans que tingués temps de reaccionar, els canons que apuntaven al cercle van disparar-li uns rajos de llum que el van envoltar d'una llum violada. Va mirar espantat els seus amics. En Màrius va córrer cap a ell, però un esclat de llum el va fer caure encegat. Quan va recobrar la visió, el seu amic havia desaparegut. Sorprès, va girar-se i va mirar els altres nens, que també s'havien quedat bocabadats amb la desaparició. En Màrius es va sorprendre més encara quan va veure un home darrere del grup.

–Quiets! –es va sentir.

El petit grup d'amics es va girar. Un soldat els apuntava amb una arma i més homes uniformats estaven entrant per la mateixa escletxa per la qual havien passat ells. Al cap d'un moment, un petit exèrcit els envoltava, apuntant-los amb les seves armes.

TERCERA PART
EL CERCLE

1
Nova Barcelona, 3006

El capità Andreies era un melòman. Adorava la música i fins i tot havia intentat fer carrera musical, però, malgrat la seva fèrria disciplina, no havia aconseguit destacar mai. Tocava el mellotroneck, un instrument característic de la música de tres segles abans; consistia en un teclat virtual que podia imitar el so de qualsevol instrument, especialment d'arcaics instruments acústics que ja feia molt temps que havien desaparegut. Es deia a si mateix que no havia pogut desenvolupar la seva carrera musical perquè havia començat a estudiar música massa gran, però en el fons del seu cor era conscient que no tenia prou talent. Així que, finalment, va dedicar la seva disciplina natural a la carrera militar. No hi havia hagut grans conflictes bèl·lics des de feia segles, ja que totes les potències tenien prou capacitat armamentística per dissuadir qualsevol intent d'agressió o invasió territorial, però, ja fos per garantir aquest equilibri o per interessos econòmics, totes les federacions de països mantenien un exèrcit. L'Andreies havia arribat a capità i se sentia prou orgullós, però més s'enorgullia dels seus coneixements musicals. Era un autèntic erudit i el que més li agradava era la música antiga, de segles abans que nasqués ell o, millor encara, del mil·lenni anterior o més enllà. Per a ell, escoltar aquella música d'altres èpoques era com viatjar en el temps; sentir el que escoltava la gent segles enrere el transportava com a un altre món. Per això, quan el general Delgado li va oferir la sorprenent oferta de fer un viatge al passat, no va dubtar-ho ni un moment.

L'Andreies tenia trenta-cinc anys, estava en plena forma i tenia un expedient impecable. El seu perfil psicològic també era modèlic; quan es va triar el candidat per fer el viatge, el seu nom va ser dels primers a considerar-se. Després d'una selecció demanada al supercomputador quàntic, aquest va triar al capità. Al principi, l'Andreies va considerar que es tractava d'una broma, tot i que el general Delgado tenia molta fama, però no de bromista, precisament; era un militar estricte i molt seriós, així que el capità va decidir que allò anava de debò.

–No sabem ben bé com funciona la màquina –va dir el general–. El supercomputador pot fer servir les funcions bàsiques, però no podem fer càlculs exactes perquè es va esborrar tot rastre de les matemàtiques necessàries a l'antiga xarxa d'Internet. No li mentiré..., pot ser molt perillós. No sabem quin marge d'error tenim. És possible que no l'enviem exactament on volem o que...

–Què? –va preguntar el capità.

–Que no sapiguem fer-lo tornar.

L'Andreies va acceptar. No el preocupava quedar-se atrapat en el temps. De fet, li semblava una aventura fascinant acabar en el passat. I no tenia família, així que ningú no depenia d'ell. L'entrenament va començar de seguida; estava en bona forma física, o sigui que aquest més aviat consistia a familiaritzar-se amb l'època. Els seus coneixements d'història eren més alts que els de la mitjana gràcies a la seva afició musical. Un prestigiós filòleg, amb el suport de pel·lícules antigues, el va formar en la manera de parlar de l'època a la qual seria enviat. La missió: anar al segle XXVI i localitzar alguna viatgera temporal o, millor encara, alguna formadora o científica del projecte de viatges espaitemporals. Necessitaven alguna guia per no anar tan perduts, així que es va decidir que la primera missió havia de ser necessàriament d'aquella índole. Durant uns mesos, els millors matemàtics i físics del món van treballar en aquell projecte secret. L'avantatge és que sabien el lloc de destí: la pròpia instal·lació on estava ubicada la màquina del temps; i el temps: aproximadament mig mil·lenni abans, en l'època del Dia del Miracle (que, encara, era oficialment el dia que va néixer un nen immune al virus, però que ara uns pocs privilegiats sabien que representava alguna cosa més). Les instal·lacions estaven en relatiu bon estat i encara podien abastir-se d'energia d'una pila atòmica soterrada a gran profunditat. El mecanisme bàsic no semblava complicat; de fet, el dia que van trobar les instal·lacions, uns nens, jugant, van posar en funcionament la màquina. Un d'ells va desaparèixer en el temps i els enginyers no van saber com trobar-lo. Sens dubte, el pas dels anys va afectar els sistemes de seguretat; això era un avantatge. Tot i així, els càlculs no eren senzills. Era fàcil programar les coordenades i l'any de destí, però calia tenir en compte altres factors com la rotació terrestre, que podia fer que l'objectiu acabés a una considerable distància del lloc original (tenint en compte, a més, les possibles variacions de la rotació després de cinc segles). També es van valorar altres factors paral·lels. Per exemple, un grup de biòlegs va analitzar els possibles efectes d'un experiment d'aquestes característiques i va alertar de possibles alteracions genètiques durant el viatge; un grup de dissenyadors de vestuari va ser contractat per fer roba que no cridés l'atenció a la gent del passat, i es van preparar unes barretes d'or pur que servirien per fer bescanvi per diners de l'època (sabien que, en aquells temps, l'or era un valor segur). Per últim, el capità Andreies portaria una arma atordidora minúscula que només podria utilitzar en cas extrem. Per descomptat, estava descartat fer mal a ningú i molt menys matar cap humà i, si era possible, tampoc cap animal.

El comitè d'emergència mundial s'havia instal·lat de forma indefinida a Nova Barcelona, tot i que comptava amb una delegació de contacte a Sydney, on estava ubicat el supercomputador. Entre els membres del comitè a Nova Barcelona hi havia en Lukas; havia estat contractat de forma permanent com a assessor. Quan va arribar el moment, els membres del comitè i tot el grup implicat en el projecte es van reunir a les antigues instal·lacions del afores de Nova Barcelona, que s'havien condicionat i netejat, a més d'haver-se blindat militarment a persones alienes al projecte.

–Capità, em sent?

–Afirmatiu.

L'Andreies estava situat al mig d'una gran sala subterrània i cinc estranys canons l'apuntaven. La resta de l'equip era darrere d'una paret que havien construït per precaució en un racó de la sala. Tenia una gran finestra d'un vidre gruixut a través del qual veien el capità, amb el qual es comunicaven amb un petit xip que aquest portava implantat a l'orella.

–Preparat?

–Afirmatiu.

–Tres, dos, un...

El cap dels tècnics de la missió va prémer un botó. Dels canons van sortir uns rajos que van envoltar l'Andreies. Sobtadament, va semblar que els rajos perdien energia.

–Què passa? –va preguntar el president del comitè.

–No ho sé..., falla l'energia! –va respondre el cap tècnic–. Déu meu. No tenim prou energia, el perdrem!

–No! –va dir un altre tècnic–. Desviaré energia de la sala superior cap aquí.

Els rajos van tornar a recobrar intensitat. En un moment, el capità va desaparèixer.

–Ha anat bé? –va preguntar el president amb impaciència.

El cap dels tècnics va consultar una pantalla virtual.

–Haig de confirmar les dades... Oh, no!

–Què passa?

–Amb la baixada d'energia hi ha hagut una desviació.

–Què vol dir?

–No l'hem enviat exactament on volíem.

2
Barcelona, 2100

Vertigen. Nàusees. I, a la fi, la calma. De genolls, encegat i amb tots els músculs adolorits. I amb la inquietant sensació de no estar segur de qui era. A poc a poc va recuperar-se del viatge i va mirar al seu voltant. Gairebé no veia res; la llum del salt li havia deixat la visió plena d'espurnes. Quan els ulls se li van acostumar a la il·luminació d'aquell lloc, tampoc hi va veure gaire, perquè l'únic llum era una bombeta primitiva que penjava del sostre. On era? Semblava una mena de magatzem, ple de grans caixes. Va incorporar-se i les cames li van trontollar. Estava una mica marejat, però hi havia alguna cosa més. Era com si el terra es mogués. Va dirigir-se amb pas vacil·lant cap a la porta d'aquell lloc. Era de ferro i estava tancada. El pany era circular, però no girava. Va buscar pel voltant. Va trobar un tros de ferro per fer palanca. Va aconseguir que el pany cedís, però es va donar un fort cop al canell. Va mirar preocupat el seu dispositiu de polsera. No era un dispositiu ordinari; servia per enviar un senyal quàntic temporal perquè els enginyers el poguessin tornar al seu temps. Esperava que no s'hagués fet malbé. Va sortir a un passadís estret. No tenia ni idea d'on es trobava. En teoria havia de ser al mateix campus on era la màquina del temps, però en el passat. S'havia estudiat les instal·lacions, però no recordava res de semblant al lloc on ara es trobava. La inestabilitat del terra també l'inquietava. Va veure unes escales al final del passadís i les va pujar. Va arribar a un altre passadís, però molt més curt, al final del qual hi havia una porta mig oberta per on entrava llum. Va creuar-la i va sortir a l'exterior. Va respirar profundament i va observar el cel blau. El sol il·luminava amb la seva llum groguenca, que també li va escalfar la pell de la cara. Va mirar al seu voltant i es va adonar que era en un antic vaixell. Més enllà del buc podia veure el mar, que l'acariciava amb una suau brisa. De sobte es va horroritzar. Hi havia homes morts sobre la coberta principal. Es trobaven en avançat estat de descomposició. Va buscar per tot el vaixell algun senyal de vida, però tots els mariners eren morts. Com dimonis havia arribat a aquella nau? I per què eren tots morts? Es va adonar que tots els tripulants eren homes; no hi havia cap dona. Però era al passat. Llavors va recordar que en aquella època no era estrany que tota una tripulació fos d'homes. El fet que estiguessin tots morts... Devia ser que per error l'havien enviat a un vaixell de l'època de la pandèmia que va acabar amb els homes de la Terra? Va sentir un calfred, però aviat es va tranquil·litzar: ell era immune. Però es va amoïnar de nou quan es va adonar que el vaixell anava a la deriva. Podria ell sol fer navegar un vaixell tan gran i tan antic? Va decidir avortar la missió, ja que no sabia ben bé on era ni a quina època. Va tocar el seu dispositiu; no va passar res. Ho va provar molts cops, però cap salt, ni llum. Estava clar que el cop n'havia afectat el funcionament, o potser des del futur no sabien com fer-lo tornar. Es va preocupar, però la seva preparació militar li va fer mantenir la calma i es va proposar superar tots els obstacles per poder sortir d'allà.

Al pont hi havia més cadàvers. Tota l'embarcació era un macabre vaixell fantasma que el va fer pensar en la llegenda de l'holandès errant. Ell també hauria de vagar sense rumb pels oceans? Tindria almenys la possibilitat, com a l'antiga òpera, d'arribar a terra cada set anys per trobar una dona que trenqués la seva maledicció? Va provar els controls de navegació; cap responia. Segurament, la nau havia vagat sense rumb molt de temps i havia exhaurit el combustible. Va deixar el pont i va tornar a la coberta. Des d'allà va mirar en totes direccions i va sospirar alleujat: a la llunyania es veia la costa. No sabia quina era, però estava clar que hi havia d'arribar. Es va dirigir a la coberta dels bots i va analitzar un pescant arcaic amb el qual va aconseguir arriar un dels bots salvavides. Després va saltar per la borda i va pujar a la barca.

Mentre remava, intentava esbrinar algun detall de la costa. A mesura que s'hi apropava, va albirar l'skyline d'una gran ciutat. Va acabar suant de tant remar; el cor se li va accelerar quan va veure un port i, a dalt d'un moll, una figura humana. Va dirigir cap allà l'embarcació fins que va xocar lleument amb el moll. La figura s'havia aproximat a ell i el va ajudar a sortir del bot. Era una dona i semblava molt sorpresa de veure'l. De sobte, es va sentir estrany, el cos li fallava. No era el cansament de remar; era una altra cosa molt més greu: com si la vida se li escapés, d'una forma fulminant. «El virus?», va pensar. Però ell era immune. Llavors va recordar que un dels perills del viatge, segons li havien advertit, era patir alteracions genètiques. Podria ser que ara no fos immune?

–A..., ajudi'm –va dir.

Va caure de genolls allà mateix, als peus d'aquella dona, sobre el moll. La dona el va mirar amb expressió d'impotència. L'Andreies encara tenia present la seva missió: contactar amb una de les viatgeres del temps. Així que, tot i que havia arribat a una època anterior a la prevista, l'última paraula que va dir abans de morir va ser:

–Chronos...

3
Barcelona, 2100

«Chronos», va pensar la doctora Punset. Què devia significar? L'última paraula del darrer home sobre la Terra, que havia mort als seus braços. Va buscar el significat de la paraula a Internet i va trobar que era la personificació del temps en la mitologia grega, el déu que va separar l'ou primigeni i va formar l'univers. La doctora no es podia treure aquell home del cap dient l'estrany nom. Segurament, el pobre delirava, però li va fer prendre una decisió: consagraria la vida a trobar un remei contra aquell virus i qualsevol altre que posés en perill la vida humana. Ella ja era una experta en malalties infeccioses, però amb la seva obstinació va arribar a ser una de les científiques més famoses de la seva època. Va aconseguir fons per crear un centre d'investigació que, si bé no va aconseguir erradicar aquell maleït virus, sí que va conquerir moltes altres fites, cosa que la va fer entrar a la història de la medicina i de la ciència. En memòria de l'últim home que va existir a la Terra, va batejar el seu centre amb el nom de «Chronos», per al qual ella mateixa va dissenyar un logotip basat en el mite grec: un ou trencant-se.

4
Nova Barcelona, 3006 / Barcelona, 2519

–No, no i no! No em digui que no el podem rescatar!

El general Delgado estava furiós. Havia convençut el capità Andreies d'acceptar aquella arriscada missió i ara havia desaparegut en el temps.

–Sembla ser que han fet tot el possible, però ha estat inútil.

El sergent Morales, que li estava donant la notícia, es mantenia en posició de ferms davant seu. El general va mirar de contenir la ira i, de sobte, va fer l'efecte que s'enfonsava. Va abaixar la vista i va fregar-se el cap amb les mans. El sergent va esperar pacientment que el general tornés a dirigir-se a ell. Finalment, el general Delgado va inspirar fondo i va continuar parlant:

–I qui enviarem, ara? Aquest viatge és un suïcidi.

–Amb el seu permís, senyor.

–Sí, sergent?

–Jo puc anar-hi, senyor.

–Vostè?

–Sí, senyor.

–Però ja sap que pot quedar atrapat en el temps, com el capità? Això, si no li ha passat res de pitjor durant el viatge.

–Senyor..., se m'han mort la dona i una filla. Ja no tinc res a perdre.

El general Delgado se'l va mirar uns segons abans de decidir-se.

–Concedit.

Per al segon viatge es van prendre encara més precaucions que amb el primer. Es va consultar l'ordinador quàntic, que va detectar mancances de seguretat en el sistema d'energia. El gran computador els guiava en les funcions bàsiques de la màquina, però no podia substituir la part humana; precisament per això es feia imprescindible trobar algú del passat que en dominés el funcionament.

El sergent Morales va col·locar-se al centre de l'hangar, com abans que ell havia fet l'Andreies. Era un home de trenta-quatre anys d'estatura mitjana, fornit i amb la pell bruna. Va mirar els homes encarregats d'enviar-lo al passat. Enginyers i tècnics estaven preparats per a qualsevol eventualitat. També hi eren presents els membres del comitè, entre ells, en Lukas, que mantenia contacte amb el computador de Sydney amb un comunicador de núvol quàntic. La màquina del temps estava bloquejada perquè ningú tingués un accident com el nen que havia desaparegut uns mesos abans. Només es posaria en funcionament quan el cap de l'equip d'enginyers assignats a la missió polsés dos interruptors de seguretat que s'activaven amb la seva empremta digital. El sergent Morales el va mirar i va assentir amb el cap. L'enginyer va prémer el primer botó i al moment va sonar una alarma, alhora que la il·luminació de tot l'hangar es tornava vermella. Va polsar el segon i els canons que apuntaven al centre del terra es van activar i van disparar rajos violats que van envoltar el sergent tot just abans que desaparegués en el temps.

El sergent Morales es va sentir malament, com si alguna força estranya estigués estrenyent cada fibra del seu ésser, particularment els budells, la qual cosa li va produir nàusees. Només veia una voràgine de color violeta donant voltes i més voltes. Va tancar els ulls fins que la sensació de mareig li va marxar. Quan els va obrir, per un moment no sabia qui era, però de seguida ho va recordar. Va mirar al seu voltant: era en una mena de despatx. El que va veure llavors el va sorprendre i, a la vegada, li va confirmar que el viatge havia anat bé: una dona. Estava d'esquena a ell, mirant un quadre virtual que decorava una de les parets del despatx. Estava clar que l'arribada temporal no era tan aparatosa com la lluminosa partida, perquè la dona no semblava haver-se adonat de la seva presència. O potser estava massa concentrada mirant aquell quadre.

El sergent va veure un escriptori al seu costat; unes petites lletres que flotaven a sobre la taula deien: «Dra. Alexandra Samper, directora del centre».

–Bon dia, doctora –va dir.

Ella es va girar i el va mirar, sorpresa.

–Qui és, vostè? Com ha entrat aquí? –va preguntar.

El sergent es va limitar a dir, amb un accent que va resultar estrany a la doctora:

–Ha d'acompanyar-me.

La directora se'l va mirar amb por.

–A on?

–Reconeix això? –va dir ell alçant la polsera; quan ella la va veure va obrir molt els ulls.

–D'on ha tret...? –Va callar un moment.– D'on ve? Suposo que del futur.

–Bé, llavors sap de què li parlo. Digui'm –va dir mirant de nou les lletres de l'escriptori–: és vostè la directora del centre?

–Efectivament.

–Llavors domina el maneig de la màquina del temps?

–Sí.

–Perfecte. –Va tornar a mostrar-li la polsera.– Tenim entès que això pot transportar dues persones, és correcte?

–Sí, però, com m'ha trobat?

–Chronos –va dir ell. Li havien dit que això era alguna mena de clau dins el grup secret de científiques que vetllaven pel secret del viatge en el temps.

Ella se'l va mirar bocabadada. Després va mirar el retrat de la doctora Punset de la paret.

–Increïble! Precisament ara mateix estava pensant... Llavors, el meu pla funcionarà! Però, per què em vol portar al seu temps?

–Necessitem la seva ajuda. No controlem la màquina. Volem que ens assessori pel que fa al seu funcionament.

–Tan important és per a vostès viatjar en el temps?

–Del fet que puguem fer-ho depèn la supervivència de l'espècie humana.

5
Nova Barcelona, 3006

La dona, en sentir les últimes paraules del sergent, no s'ho va pensar: el va agafar de la mà i amb un dit de l'altra va tocar durant cinc segons la polsera que duia en Morales. Els va envoltar la llum i, en un moment, respiraven marejats al bell mig de l'hangar. Aquest estava situat a bastants metres del despatx de la directora, però les coordenades programades havien funcionat bé. Eren a les instal·lacions del campus, però gairebé cinc segles més tard.

–Ho ha aconseguit! –va cridar en Lukas.

Tots els allà presents van esclatar en un aplaudiment espontani. Ho miraven tot darrere una mampara de vidre. Uns tècnics vestits de dalt a baix amb granota i màscara per filtrar l'aire van córrer a ajudar els viatgers.

–No! –va exclamar l'Alexandra–. Podem portar gèrmens del passat.

–Sí, és clar –va dir un dels tècnics–. Ho tenim previst. Hem preparat una sala de desinfecció i després podran descansar. Però abans...

El tècnic va treure una mena de xeringa i li va injectar la vacuna contra el virus que havia acabat amb les dones en aquell temps. Una hora més tard, el comitè estava reunit juntament amb el general Delgado. Estaven en una sala de reunions esperant pacientment l'aparició dels dos viatgers, que havien de desinfectar-se i descansar un temps prudencial pels efectes del viatge. Finalment, van arribar i van seure als seients que els havien reservat. El president del comitè va iniciar la conversa.

–Bé, senyora...

–Doctora Alexandra Samper –va dir ella.

El president va fer les presentacions dels membres del comitè.

–Es deu preguntar per què l'hem portada al futur...

–El sergent m'ha posat al corrent de la situació. És terrible i, sincerament, no sé si ho podrem arreglar.

–Però, amb la seva guia, podríem portar la vacuna al passat i que tot aquest malson no hagi ocorregut mai.

La directora va sospirar. Va mirar la sala, era blanca i feia olor de net. La taula al voltant de la qual estaven asseguts era d'un material que no aconseguia identificar. Finalment, va mirar de nou el president.

–Després del Dia del Miracle –va explicar–, vam desxifrar les claus genètiques del nen immune per crear un contravirus que vam estendre massivament per tot el món. Tot i que els nous nens naixien immunes, no volíem arriscar-nos a una mutació del virus, així que el vam erradicar. El que no vam fer és portar el remei al passat.

–Per què no? –va preguntar el president.

Ella es va mossegar lleugerament el llavi inferior i després es va apartar una mica els cabells que li queien sobre el front.

–Hi havia moltes generacions de dones –va contestar– que havien nascut per inseminació artificial després de la desaparició dels homes. Si haguéssim portat la cura al passat, cap d'aquestes dones, jo inclosa, hauríem nascut.

–I llavors –hi va intervenir en Lukas–, qui hauria construït la màquina del temps?

–Efectivament –va assentir la doctora.

–Però en el nostre cas –va dir el president–, no ha nascut ningú després del virus. És més, sense dones no podem reproduir-nos. Així doncs, el viatge al passat no és incompatible amb el nostre present.

–No és tan senzill –va dir l'Alexandra–. Pensi-ho bé: si porten una vacuna al passat, les dones no moriran i, per tant, vostès no buscaran un remei ni trobaran la màquina del temps.

–I sense màquina no es podria haver portat la vacuna al passat. De fet, ja no tindríem ni màquina ni vacuna –va dir en Lukas.

–Correcte –va dir la doctora, a la qual aquell jove li agradava cada cop més–. Es dona una paradoxa temporal irresoluble.

–No podem canviar el que ha passat? –va preguntar el president.

Tots els membres del comitè van esperar la resposta amb tensió. L'Alexandra va inspirar profundament abans de contestar.

–Just abans que el sergent Morales em portés aquí –va dir–, una de les meves superiors em va passar informació referent als últims descobriments relacionats amb els viatges temporals. S'havia fet una anàlisi exhaustiva dels viatges realitzats fins llavors per comparar-los amb les prediccions matemàtiques, i els resultats van ser... desconcertants, tenint en compte el que havíem estat fent fins llavors amb la màquina del temps.

Els membres del comitè es van mirar entre ells.

–No entraré en detall en la física inherent a això –va continuar ella–. Amb paraules senzilles: no es pot canviar el passat.

–Però les seves viatgeres han fet viatges en el temps. Nosaltres ho acabem de fer –va dir el general Delgado–. El sol fet d'haver anat al passat ja implica un canvi en el temps, no?

–Els viatges temporals només són possibles quan es dona un cercle temporal perfecte –va respondre-li l'Alexandra.

–Què és, això?

–Una varietat de corba tancada de tipus temps. Explicat de manera simple, és un viatge temporal que sempre ha estat present.

–Ens en pot posar un exemple? –va preguntar el president del comitè.

–Les nostres viatgeres només han pogut viatjar en el temps perquè ja van estar en el passat de la línia temporal.

–I com és que ja havien estat allà?

–Perquè hi havien viatjat des del futur.

–Això no té sentit –va dir el general.

–La idea d'un bucle causal o paradoxa de la predestinació és molt antiga, però ara ha estat comprovada empíricament. Tenen un exemple en mi mateixa. Un cop els ensenyi el funcionament de la màquina del temps, tornaré al passat per crear la societat secreta que els permetrà a vostès trobar la màquina en el futur. No pot ser d'una altra manera, ja que, si no, vostès no haurien tingut accés a l'aparell que els ha permès portar-me aquí. Això és un cercle temporal perfecte.

–Però com es pot saber si un fet es tracta d'un cercle temporal? –va preguntar el president del comitè.

–Molt senzill –va dir ella–: tot el que recordem no es pot canviar. El passat és inviolable. Per tant, a efectes pràctics, tant és que hi hagi hagut o no un cercle temporal.

–Però llavors... estem condemnats! –va exclamar el general–. Tots recordem que les dones s'han extingit. Això vol dir que no hem pogut portar mai la vacuna al passat.

–És clar que no –va dir la doctora–. Ja els he explicat la paradoxa que ho impedeix.

Tots els presents es van mirar consternats. El general es va posar les mans al cap i es va fregar el front. En Lukas semblava pensatiu. El president del comitè va aixecar-se amb solemnitat i va dir:

–Aleshores... és la fi de la humanitat.

–Jo no ho he dit pas, això –va dir l'Alexandra, i tots els membres del comitè la van mirar, sorpresos.

6
Nova Barcelona, 3006

–Només vull veure el meu fill! –va dir el conseller Delriu.

L'oficial va tornar a mirar l'ordre judicial que el conseller li mostrava. Estava signada per una de les màximes autoritats del país. Tot i que eren en unes instal·lacions militars i allà aquell paper tenia un valor relatiu, l'oficial no volia ser el causant d'un conflicte civil, així que va tocar-se el xip de l'orella i va comunicar-se amb els seus superiors. Un cop explicada la situació, va rebre instruccions i va dirigir-se al conseller.

–Pot passar, conseller, després de signar un acord de confidencialitat.

–De què?... Però què s'empatolla, vostè, ara?

–No pot revelar res del que li digui el seu fill, sota pena de presó, si ho fa.

El conseller el va mirar astorat. Feia mesos que el seu fill i els seus amics estaven tancats en aquelles instal·lacions i només la seva influència li havia permès aconseguir una ordre per poder veure'l. La desesperació li va fer signar l'acord, tot i que per a ell tot allò era una vulneració dels seus drets com a ciutadà; no es podia tancar uns menors així, sense donar explicacions. L'exèrcit sempre es creia amb poder il·limitat per fer la seva, però ell no pensava marxar d'allà sense veure el seu fill. El van fer passar a una sala i, poc després, van portar en Màrius.

–Pare!

–Fill!

Es van abraçar sota la vigilància d'un soldat.

–Estàs bé?

–Sí, sí. Ens tracten bé.

El pare va mirar el seu fill als ulls.

–Però què dimonis heu fet? Els pares dels altres nens estan desesperats; els he promès que els explicaria el que passa, però l'exèrcit m'ha fet signar un acord de confidencialitat.

–Pare..., en Zèniek...

En Màrius no va poder acabar la frase i es va posar a plorar.

–Ai, fill, no em diguis que...

El nen era incapaç de parlar. Després de plorar una bona estona va poder explicar el que havia passat. El seu pare se'l mirava amb cara preocupada.

–No hi ha dubte que el que vau veure és secretíssim. Estem en un bon embolic.

–Ens volen tancar en un centre per a menors, pare. Però nosaltres no hem fet res de dolent!

–Això us han dit?

–Sí, si no accedim que ens implantin un xip controlador.

–Què? Com als delinqüents? Si sou menors!

–Diuen que només així poden controlar que no parlem.

–Però això significa que tindran accés a tot el que dieu!

El nen va abaixar el cap.

–És l'única manera de sortir, pare. L'haurem de portar fins a la majoria d'edat. Si després, d'adults, fem públic el que hem vist, ells ho negaran tot i ens tancaran a la presó.

El conseller estava molt enfadat amb els militars. De sobte, el nen el va sorprendre amb l'última pregunta que s'hauria esperat en un moment com aquell:

–Pare, quina és l'edat mínima per allistar-se?

–Com? Parles seriosament?

–Totalment. Haig d'esbrinar què ha passat aquí. Ho dec a en Zèniek.

El seu pare se'l va mirar, bocabadat. No sabia si renyar-lo o sentir-se'n orgullós.

7
Nova Barcelona, 3006

De tots els presents, el general Delgado va ser el primer a reaccionar.

–Vol dir que hi ha esperança?

–Hi ha una manera –va dir la doctora Samper–, però no sé si els agradarà.

–Farem el que sigui –va dir el president del comitè.

–Portar dones del passat a aquesta època.

–Què? –van exclamar tots els presents.

–Però què diu? –va dir un dels membres del comitè–. Raptar-les, com les sabines de la mitologia de l'antiga Roma? Això és inconcebible des del punt de vista ètic!

–Però, a més, això violaria la immutabilitat del passat –va afegir en Lukas–. Si traguéssim dones de la seva època estaríem canviant la seva història!

–Hi ha una manera de no canviar-la –va dir la doctora amb un somriure enigmàtic.

Els homes van mirar-la amb atenció. Ella va moure els ulls cap amunt pensativament, com si estigués acabant de buscar la solució en alguna àrea del seu cervell.

–Cal buscar en el passat dones que van morir sense deixar rastre del seu cos: mortes en catàstrofes naturals o en accidents, ofegades al mar... Si no s'ha trobat res d'elles, les podem portar aquí just abans de morir. Segur que preferiran seguir vivint en el futur que no pas morir, i més si així salven la humanitat.

Va mirar un per un els membres del comitè abans de continuar:

–Resol això el seu conflicte moral?

Tots la van mirar estupefactes.

–No es confonguin –va dir ella–. No és un truc per eludir el temps. Si amb alguna dona no es compleix un cercle perfecte, no arribarem a temps de salvar-la, però si es compleix..., seguirà aquí la seva vida i la seva història.

–Extraordinari... –va murmurar en Lukas.

–Senyors –hi va intervenir el president del comitè–, vaig a demanar autorització del màxim nivell per tenir tots els recursos i autoritzacions necessaris. Vostès –va adreçar-se als altres representants– informaran els seus governs; hem d'estar coordinats. Direm el mínim i només a les màximes autoritats. General, demanarem que el projecte quedi sota supervisió militar, així podrem tenir el màxim control. Els convoco de nou a tots demà a les nou del matí. Ens reunirem aquí mateix per organitzar-ho tot.

La reunió es va dissoldre. Van acomodar la doctora Samper en una habitació del campus, a la mateixa planta on vivien en Lukas i els membres del comitè. L'Alexandra va mirar l'habitació i va somriure: havien habilitat les estances que feien servir antigament les alumnes. Hi havia un mirall en una de les parets i va observar el seu reflex. Vestia una granota de tipus militar i unes botes que li havien donat després del procés de desinfecció. Tot li anava força gran i tenia un aspecte una mica grotesc. Li havien deixat més roba per canviar-se sobre el llit: un parell d'uniformes militars i unes quantes mudes de roba interior. Va descansar una mica i després va sortir. Va anar a l'habitació d'en Lukas i va trucar a la porta. Ell va obrir i la va mirar, sorprès.

–Hola, doctora! Precisament pensava anar a veure-la. M'agradaria sopar amb vostè.

–És molt amable, però ja he quedat amb el sergent Morales, que ha tingut l'amabilitat de convidar-me. Aquí no conec ningú i em sento una mica perduda, tot i que conec les instal·lacions. Per cert, estan molt abandonades. Veure-les així m'ha impactat.

–Sí, encara les estem remodelant. Portaven segles sense manteniment.

–Abans de sopar m'agradaria parlar amb vostè.

–Sí, és clar, podem anar a la cafeteria.

–En privat.

En Lukas la va mirar estranyat.

–Aquí tot el personal és militar i han de guardar confidencialitat –va dir ell.

–Sí, però el que haig de dir-li vull que només ho sàpiga vostè.

–Jo? D'acord. Què li sembla si passegem pel campus? A la zona nord no sol haver-hi ningú.

–Perfecte.

Minuts més tard, passejaven en silenci per una zona verda prou aïllada. Finalment, la doctora es va decidir a parlar.

–El soldat que m'ha acompanyat a l'habitació m'ha dit que vostè va trobar la vacuna.

–Sí, però massa tard.

–També m'ha dit que va ser vostè l'home clau per trobar aquest lloc.

–Bé..., diguem que vaig saber fer les preguntes adequades al supercomputador quàntic.

–Suposo que deu ser un ordinador molt potent.

–Les decisions més importants a nivell global de tot el planeta es consulten allà, així que... Esperi, com és que el soldat li ha parlat de mi?

–Perquè jo l'hi he preguntat.

–Vostè?

–Veurà, a la reunió m'ha semblat que vostè m'entenia millor que ningú. La meva intuïció és bastant bona. Oh, som científics, sé que la intuïció no és més que el resultat d'unes conclusions ràpides basades en l'observació inconscient, però em funciona prou bé. I, després del que m'ha dit el soldat, està clar que no m'havia equivocat jutjant-lo a vostè com el més brillant dels membres del comitè.

–Bé, jo només soc un assessor.

–I molt modest, pel que veig. Però no és per fer-li compliments, que li he dit de xerrar. A la reunió no els he dit tot el que sé.

–Com?

–Just abans que el sergent Morales em... convidés a venir al futur, jo estava pensant a crear un grup ocult de viatgeres per conservar el secret del viatge en el temps, que s'havia decidit eliminar. Estava mirant el retrat d'una de les meves heroïnes científiques, la doctora Punset, quan se'm va ocórrer la idea. Fins i tot tenia pensada una paraula clau i un símbol.

–Chronos i l'ou daurat –va interrompre-la en Lukas.

–Exacte. –Ella va somriure.

–Per què aquests signes?

–Eren el nom i el logotip del centre de recerca de la doctora Punset. Però el cas és que va ser pensar-ho i aparèixer en Morales. Allà es va obrir el meu cercle temporal perfecte.

–És clar. Entenc que l'haurem de deixar al mateix temps exacte com si res no hagués passat.

–Tornar a la mateixa època, sí, però m'estimaria més fer-ho en secret. Em serà més fàcil formar d'amagat el meu grup si estic oficialment desapareguda. La meva desaparició causarà enrenou uns dies, però aviat deixarà de ser notícia i podré fer la meva amb tranquil·litat.

La doctora va fer una pausa, com si dubtés de continuar parlant. En Lukas va observar el seu rostre: tenia l'atractiu de la maduresa i de qui té més coneixements que la majoria de la gent.

–La veig dubitativa –va dir ell–. Em vol dir alguna altra cosa?

Ella va deixar de passejar i va mirar al seu voltant per comprovar que estaven sols.

–Puc confiar en vostè?

–Completament –va respondre ell.

–No els he explicat la totalitat de la informació que em va comunicar la meva superior. M'agradaria traspassar-l'hi a vostè i només a vostè. No vull que aquesta informació es perdi, però tampoc vull que es faci pública. En el moment oportú, vostè l'haurà de transmetre a qui consideri de confiança. Li passaré un xip amb tota la informació relacionada, però ara m'agradaria fer-n'hi cinc cèntims.

–Estic a la seva disposició, doctora.

–Ja els he explicat que el passat és inalterable i que un element del futur només pot anar al passat si ja havia estat allà des d'un principi.

–En un cercle temporal perfecte.

–Exacte. Que el passat fos inalterable era fins a cert punt esperable, però, analitzant els cercles perfectes dels nostres viatges, hem pogut comprovar tant la part passada com la futura del cercle temporal i hem trobat una cosa encara més inquietant: tampoc es pot alterar el futur.

–Com? –va preguntar en Lukas.

–El que sent.

–Però el futur no està escrit!

–N'està segur? Les nostres científiques han comprovat les equacions de forma empírica i aquesta és la veritat: no hi ha passat ni futur, en realitat, tot passa a la vegada. És la nostra consciència la que produeix la percepció del temps.

En Lukas se la va quedar mirant un moment en silenci, i a continuació va parlar amb un to respectuós, però escèptic.

–Em sap greu –va dir–, però li confesso que em sembla inversemblant la idea que el futur ja està decidit d'alguna forma. Mentre el sentit comú em diu que hi ha un sol passat, també em diu que hi ha molts futurs possibles.

–Si imaginem molts futurs possibles és simplement perquè no podem veure el futur. Passaria el mateix si no poguéssim veure el passat, com els amnèsics; llavors també ens podríem imaginar molts passats possibles, tot i que, en realitat, només n'hi ha un. El nostre sentit temporal és limitat, igual que els nostres altres sentits, i no pot captar el futur.

–Però la fletxa del temps segueix la mateixa direcció que l'increment d'entropia a l'univers –va dir en Lukas.

–Això és el que ens sembla a nosaltres. Veiem l'univers com la conseqüència d'un big-bang en què l'espai s'expandeix, i el temps amb ell, perquè, igual que augmenta la seva mida, augmenta la seva edat. Però tot és una percepció nostra, que formem part del fenomen. Com ho veuria un observador extern, fora del nostre univers espaitemporal?

–Però llavors... no podem canviar-ne res.

–Per això és important que aquesta informació no es faci pública.

–Per què? –va preguntar ell.

–I mostrar la veritat? Com creu que reaccionaria la gent, si ho sabés?

–Però és coneixement! No tenen dret a saber-ho?

–El què? Que no som lliures de triar? Que som marionetes del destí?

En Lukas va dubtar. La doctora Samper va insistir en la seva argumentació.

–Per què angoixar la gent? Està clar que aquest coneixement, saber que no tenim realment lliure albir, crearia un neguit innecessari.

El jove va abaixar el cap.

–Suposo que té raó, doctora.

Va arrufar les celles, pensatiu. Els seus ulls es movien d'esquerra a dreta, com si fos un detectiu cercant pistes invisibles a l'aire.

–Això explicaria el que fa temps que sabem del cervell –va dir–: actuem abans que la nostra part racional en sigui conscient.

–No ho havia pensat, però és una bona observació –va dir la doctora Samper.

En Lukas va tornar a callar. La doctora va respectar el seu silenci. Sabia que el jove necessitava pair la informació, reflexionar i treure conclusions.

–I no podrien coexistir? –va preguntar ell, finalment–. Vull dir, el lliure albir i el determinisme, tot i que semblin excloents.

–Vol dir des de la perspectiva de la mecànica quàntica?

–Per a un observador extern, estaria tot determinat, però per a un observador intern, hi hauria llibertat d'elecció.

–És una possibilitat.

–Doctora, si està tot escrit..., creu que algú ho ha decidit deliberadament o ha sorgit espontàniament de forma aleatòria?

Ella el va mirar intensament abans de contestar amb una altra pregunta:

–Quan diu «algú» vol dir alguna mena de déu, de consciència superior o d'entitat extrauniversal?

–Això o alguna cosa que no podem ni imaginar.

L'Alexandra va sospirar i va mirar al seu voltant. L'aire empenyia els arbres d'aquella part del campus i li apropava l'aroma de les fulles. Després va mirar el cel blau.

–Sincerament, Lukas..., no ho sé. I no sé si mai ho sabrem.

TANCAMENTS

TANCAMENT 1
El Prat de Llobregat, 2023 / Nova Barcelona, 3006

El sergent Morales avançava amb pas decidit per l'aeroport Josep Tarradellas. Era el seu segon viatge en el temps, però aquest cop la doctora Alexandra Samper l'havia instruït. Havia ensenyat als tècnics a fer servir la màquina del temps de forma precisa i a ell li havia fet una formació ràpida com a viatger. Abans del salt va estudiar bé l'època. Per simplificar el procediment, ell mateix havia fet tant d'explorador com de visitant en el mateix viatge. Anava a una època on no hi havia el virus, així que no hi havia perill que li passés el mateix que al capità Andreies.

En Morales havia arribat a Barcelona uns dies abans del moment clau i havia fet la reserva a l'avió en el lloc precís. Hi havia places de sobra, així que no va prendre el seient a ningú. El dia previst va agafar un bus per anar a l'aeroport i, un cop allà, va seguir les indicacions de la terminal fins a embarcar. En seure, va estar atent al passadís. Una jove va aproximar-se i va seure al seu costat. Semblava nerviosa. Mentre l'avió s'enlairava, ell la mirava de reüll. Quan va sentir el senyal que ja es podia treure el cinturó, ell se'l va treure, però la noia se'l va deixar posat i va demanar una copa a l'hostessa. Quan unes turbulències van sacsejar l'avió, la noia es va espantar.

–Ai...

–No es preocupi –va dir-li en Morales–. Volar és la forma més segura de viatjar.

Van anunciar per megafonia que calia tornar a posar-se el cinturó i així ho va fer el sergent mentre una hostessa recollia les begudes de les safates. L'avió va començar a patir violentes sacsejades i en Morales es va preparar. Es va apujar la màniga esquerra del jersei per deixar al descobert la polsera temporal i va esperar, atent, el moment precís de l'accident, tal com havia recomanat la doctora Samper. Els llums es van apagar i es van despenjar les mascaretes d'oxigen. Els motors es van aturar i l'avió va caure en barrina.

–No vull morir així... –va dir la noia.

Quan una ala es va desprendre de l'avió, en Morales va decidir que era el moment.

–Andrea...

–Vostè sap..., sap el meu nom?

–No tinguis por, dona'm la mà.

Ella l'hi va donar.

–Morirem tots... –va dir ella, plorant.

–No, tu no. No avui.

Una llum violada els va envoltar. La noia va mirar espantada el sergent.

–Qui..., qui és vostè?

Van caure per una mena de túnel de llum. L'Andrea va sentir un vertigen espantós enmig d'una sensació de caiguda lliure que es va aturar de cop. Per un moment no va recordar qui era, però va sacsejar el cap i va començar a recuperar-se. Ella i el sergent estaven agenollats al mig de l'hangar de la màquina del temps. L'Andrea va mirar al seu voltant, aterrida. Unes figures vestides amb una mena de granotes i amb màscares d'oxigen se li van apropar. Una d'elles va injectar-li un líquid amb una mena de xeringa. L'Andrea va cridar, més per por que perquè li hagués fet mal. Per un moment va pensar que l'havien abduït els extraterrestres. Una altra d'aquelles estranyes figures li va dir:

–No tinguis por, Andrea. Només és una vacuna. Soc la doctora Alexandra Samper. Benvinguda al futur...

TANCAMENT 2
Nova Barcelona, 3008

Els mesos següents es van fer molts viatges, tots supervisats per la doctora Samper. Per simplificar, es van dividir les tasques. No hi havia temps de fer l'exhaustiva instrucció que rebien les antigues viatgeres. Es van entrenar homes només per fer el salt, mentre que la preparació més tècnica quant el funcionament de la màquina del temps es va fer a tècnics i enginyers; per últim, la formació teòrica es va reservar als físics.

Naturalment, no totes les dones rescatades volien ser mares, així que calia portar el màxim possible de persones del passat. No obstant, un cop superat el xoc inicial i assumida la situació, moltes accedien a ser inseminades artificialment, mentre que d'altres necessitaven més temps per pensar-s'ho o decidien esperar-se a conèixer algú en aquell nou món per formar una família. Les dones vacunades tenien descendència immune al virus, així que al cap d'unes dècades l'espècie humana podria estar fora de perill. La doctora Samper va insistir molt a mantenir en secret els viatges temporals, així que dirien al món que s'estaven trobant algunes dones en indrets aïllats on el virus no havia aconseguit arribar.

Es van establir uns criteris de selecció per portar dones del passat. En primer lloc, les escollides havien d'estar prou allunyades en el temps perquè no tinguessin la possibilitat de localitzar possibles descendents, per evitar així la temptació de les «rescatades» de revelar el seu origen. Un segon criteri era que les dones no podien tenir un origen anterior a l'era de l'antiga Internet, perquè l'ordinador quàntic pogués tenir prou dades per localitzar accidents propicis. Això últim feia complir automàticament una altra condició que s'havia pactat: no portar gent més antiga de l'era de les vacunes, ja que podrien dur gèrmens del passat no catalogats als historials mèdics. Finalment, calia evitar l'època en què el virus que va matar els homes estava estès pel planeta, ja que el viatge podia provocar alteracions genètiques que fes vulnerables els viatgers.

Així doncs, es va decidir que la primera meitat del segle XXI era l'època més idònia per als rescats.

Després de més d'un any en una època que no era la seva, instruint els homes en el viatge temporal, va arribar el moment que la doctora Samper va decidir tornar al seu temps, no sense haver ordit bé abans el seu pla. Tornaria d'incògnit i només contactaria amb persones de plena confiança. La seva desaparició seria un misteri, però li facilitaria els moviments. Havia d'organitzar un grup ocult de científiques per mantenir viu el secret del viatge. Òbviament, l'organització es diria Chronos i l'ou trencant-se seria el símbol que farien servir les iniciades per reconeixe's entre elles. El més difícil seria aconseguir que no desmantellessin la màquina de Barcelona, però tenia contactes en les altes esferes i estava clar que ho aconseguiria d'alguna manera, ja que, si no, ella no hauria arribat al futur. Aquesta certesa li donava la força i la confiança plenes que el seu pla seria dut a terme per ella o la seva organització.

Quan va arribar el dia, l'últim de qui va acomiadar-se va ser d'en Lukas. En ell havia depositat la seva confiança. L'havia fet partícip del seu secret sobre la veritable naturalesa del temps, que ell es comprometia a transmetre només a unes poques persones de qui es podia refiar. Es van abraçar i ella va enviar un arxiu des del seu xip de polsera al d'ell.

–Què és? –va preguntar en Lukas.

–Una llista.

–De què?

–De les primeres persones amb qui contactaré, quan arribi al passat, per formar la meva organització. A partir d'ara actuaré a l'ombra, així que serà difícil localitzar-me. Si em necessiteu, busqueu a la meva època alguna de les persones d'aquesta llista; he inclòs les coordenades per trobar-les.

–D'acord. Bon viatge, doctora. I gràcies per tot –va dir en Lukas.

L'Alexandra Samper va anar al centre de l'hangar i es va acomiadar amb la mà dels membres del comitè allà presents. La seva última mirada va ser per a en Lukas, abans que una llum violada l'envoltés i la tornés al seu temps.

TANCAMENT 3
Nova Barcelona, 3015

En Lukas s'havia instal·lat de forma definitiva en el campus de l'antiga Escola de Visitants, a Nova Barcelona, per supervisar els viatges temporals. També era el principal consultor del supercomputador quàntic, cosa que l'havia convertit en un dels científics més importants de l'època, tot i que, degut al caràcter secret del seu àmbit de treball, el seu nom només el coneixia un reduït nombre de persones.

Ja feia uns anys que vivia allà quan, un dia que estava treballant en les instal·lacions de la màquina del temps, algú se li va apropar per l'esquena.

–Senyor –va dir una veu.

En Lukas es va girar i va veure un jove militar. No devia tenir més de vint anys.

–Sí? Què vol, soldat?

–Necessito que m'ajudi a trobar algú.

–Jo? Bé, conec el campus, però suposo que l'orientaran millor al servei logístic.

–Disculpi, no m'he explicat bé. Vull dir que necessito que m'ajudi a trobar algú –va dir assenyalant la mampara de vidre que els separava de l'hangar del salt–... en el temps.

En Lukas se'l va mirar sorprès. El noi era alt i ros, i els seus ulls blaus reflectien una certa mirada de súplica. Minuts més tard, tots dos estaven prenent un cafè al bar del campus. En Lukas escoltava amb interès la història que aquell jove li explicava.

–O sigui que vostè era amic del nen que va desaparèixer en el temps?

–Correcte.

–I va allistar-se per arribar fins a mi?

–Afirmatiu. Vaig haver d'esperar sis anys per allistar-me i després n'he trigat quatre més a aconseguir que em destinin aquí per poder descobrir què es fa en aquestes instal·lacions.

–Caram, és digne d'elogi, el que ha fet, però... ja es va mirar de trobar el seu amic i no ho vam aconseguir. Jo mateix vaig dirigir una segona cerca quan ja dominàvem la màquina, però va ser impossible. Està clar que vau activar algun viatge programat amb anterioritat, però no vam trobar les coordenades, així que buscar el teu amic és com cercar una agulla en un paller.

–Havia pensat que... potser buscant al Gran Connector Virtual o als arxius de l'antiga xarxa d'Internet...

–Ja ho vam fer. No vam trobar cap notícia destacable, cap pista.

–Si us plau, senyor, he trigat molts anys a arribar a vostè. Podríem tornar-ho a intentar? Jo faré la cerca, però no tinc accés al supercomputador.

En Lukas se'l va mirar. El pobre noi semblava desesperat. Estava clar que se sentia culpable del que li havia passat al seu amic. Va inspirar fondo abans de contestar-li:

–Molt bé. Ho tornarem a provar. Per cert, no em parlis com si fos el teu superior, jo no soc militar; pots tractar-me de tu i dir-me Lukas, d'acord? Quin és el teu nom?

–Màrius.

Les setmanes següents van fer una cerca exhaustiva del nom «Zèniek» a tots els registres disponibles. Una nit que en Màrius s'havia quedat a treballar fins a alta hora de la matinada buscant als arxius de l'antiga Internet, li va semblar veure alguna cosa. Mirava una llista de referències, tenia els ulls cansats de tant llegir i estava mig adormit, però es va despertar de cop quan es va adonar del que estava llegint. Va somriure.

–Què és això tan important, Màrius? –va preguntar en Lukas una hora més tard, en arribar al seu despatx, que cedia al jove soldat perquè treballés amb el seu equip.

–L'he trobat.

–Com?

–Mira –va dir en Màrius assenyalant la pantalla virtual que surava sobre l'escriptori.

En Lukas la va mirar i, a mesura que llegia, els ulls se li obrien cada cop més.

–El tenim. Felicitats. Semblava impossible però ho has aconseguit –va dir mentre llegia.

L'ordinador traduïa automàticament del català antic al modern, que en Lukas podia entendre perquè el tenia incorporat al seu xip traductor. El text era una entrada d'un antic blog d'Internet signat per un tal «Zèniek», una pàgina web anomenada «Viatger del futur».

La pàgina http://viatgerdelfutur.blogs.cat era molt senzilla. No tenia fotos, ni cap mena de presentació ni dada de l'autor. Només van poder localitzar un post. Van mirar de trobar més entrades, però va ser impossible. Les antigues pàgines d'Internet ja no funcionaven. Excepte els continguts considerats importants, que es van bolcar al modern Gran Connector Virtual, només en quedaven restes. L'entrada del blog estava datada el 19 de febrer de 2027:

VIATGER DEL FUTUR

Barcelona, 19 de febrer de 2027

La festa de Stephen Hawking

Fa anys, el físic britànic Stephen Hawking va organitzar una festa per a viatgers del futur. Va fer decorar un saló de la Universitat de Cambridge amb globus i va fer preparar aperitius. També hi havia xampany, una de les begudes preferides del científic. Una pancarta penjada al mig del saló anunciava: «WELCOME, TIME TRAVELLERS». Perquè no es pogués presentar ningú del seu present, va enviar les invitacions, que incloïen l'hora i les coordenades del lloc, després de l'esdeveniment, amb l'esperança que alguna sobrevisqués al pas dels anys i algun viatger del futur acceptés anar a la festa. No es va presentar ningú. Amb aquest petit experiment volia demostrar la seva hipòtesi que, si els viatges temporals fossin possibles, estaríem envaïts per turistes del futur.

Tot i que jo no soc un científic eminent, m'agradaria rebatre Hawking en aquesta qüestió. L'experiment no va demostrar que no hi haguessin viatgers del futur. L'únic que va provar és que les invitacions no van arribar a cap possible visitant del futur, o almenys a cap que volgués viatjar al passat per mostrar-se obertament. De fet, des del moment que va veure que cap visitant havia assistit a la festa, era clar que ja era inútil enviar les invitacions.

Hi ha tres motius principals pels quals un viatger del futur no admetria mai que ho és:

1. El pànic que causaria entre la població actual saber que hi ha gent del futur entre nosaltres seria equivalent a saber que hi ha extraterrestres. Pitjor encara, perquè els visitants podrien tenir el poder de canviar els fets històrics del nostre passat.

2. La cobdícia de la gent posaria en perill el viatger, ja que moltes persones farien el que fos per aconseguir una màquina del temps.

3. Per últim, i per a mi el principal, és que si algú afirmés venir del futur seria tractat com un boig, i s'arriscaria a ser tancat en un manicomi. Amb sort, potser ni tan sols li farien cas. En qualsevol cas, ningú no el creuria.

Jo mateix en soc un exemple. Fa temps que dic en aquest blog que vinc del futur, que explico la meva història. Ningú no em creu. Només tinc dotze subscriptors i, sincerament, dubto del seu seny. I, a vegades, del meu. Així que ho deixo córrer. Aquest és el meu últim post.

Zèniek

–És ell, sens dubte –va dir en Lukas.

–Pel que diu l'article, sembla que fa temps que és allà.

–És cert. Però no sabem quina edat tenia quan el va escriure; podria ser un marrec o un vell de vuitanta anys.

–No podem anar més enrere en el temps, per localitzar-lo quan era un nen? Just quan va arribar allà? –va preguntar en Màrius.

–Però quants anys enrere? A més, no podem canviar el passat.

–Què vols dir?

–No veus la paradoxa? Si el rescatéssim abans que escrigués el blog, no l'hauria pogut escriure i, per tant, no el podríem haver localitzat. El més enrere en el temps que podem anar a buscar-lo és la data d'aquest post.

–D'acord.

–Un cop a la seva època, amb accés complet a l'antiga Internet, podem localitzar les dades de contacte de l'usuari del blog hackejant el web amb un dels nostres xips rastrejadors.

–Podràs arreglar-ho perquè un viatger hi vagi al més aviat possible? –va preguntar en Màrius.

–Creus que podries esperar dues setmanes?

–Per què?

–És el temps que necessito per incloure't en el programa de viatgers i fer-te una formació exprés en viatges temporals.

En Màrius va assentir amb el cap. L'espera valia la pena si ell mateix podia anar a buscar-lo. En realitat, la demora era només per a ell, ja que el seu amic no notaria la diferència. Pobre Zèniek, va pensar, arribar a un temps estrany quan només era un nen... Però, si més no, havia confirmat que el seu amic havia sobreviscut al viatge.

TANCAMENT 4
Manresa/Barcelona, 2007

–I ningú sap d'on ha sortit?

–No, senyor –va respondre el mosso d'esquadra–. El van trobar desmaiat en un descampat, però no hi ha cap denúncia de desaparició que concordi amb la seva descripció.

–Alguna cosa més? –va preguntar el sotsinspector.

–Porta una mena de disfressa i no té signes de violència.

–I què diu, el nen?

–No l'entenem.

–És immigrant?

–Sembla que parli algun dialecte del català, però és difícil d'entendre.

–L'enviarem a Barcelona. Allà tenen experts en llengües per a casos com aquest.

Hores més tard, a l'Àrea Bàsica Policial de l'Eixample de Barcelona, un lingüista assessor de la policia catalana se sorprenia amb la parla d'aquell nen.

–Mare meva –explicava a l'inspector de policia–. No havia vist res de semblant. Parla català, definitivament, però un dialecte que em resulta completament desconegut.

–Però ha pogut parlar amb ell?

–Oh, sí. El seu català es pot entendre, tot i que amb dificultat.

–I qui és? D'on ve? Té pares?

–Està segur que no ha patit violència o alguna mena d'abús?

–Els metges no han trobat cap lesió física.

–Llavors necessitaré col·laborar amb algun psicòleg. Crec que ha creat una fantasia per protegir-se d'alguna cosa.

–Per què? Què dimonis li ha dit, el nen?

–Quan hem aconseguit entendre'ns, li he explicat que érem a Barcelona. Això l'ha sorprès i tranquil·litzat a la vegada, però llavors m'ha preguntat per què estava tot canviat. Li estranyen especialment els transports, els cotxes.

–Els cotxes? Normalment als nens els agraden i coneixen tots els models.

–Sí, però a ell sembla que li criden molt l'atenció. Llavors ha dit el que m'ha fet saltar les alarmes.

–Què ha dit?

–Ha preguntat a quin any érem.

–No sap en quin any viu?

–Aquest és el problema. Quan l'hi he dit, s'ha espantat molt.

–I per què s'ha espantat, d'això?

El lingüista va dubtar abans de contestar:

–Afirma que ve del futur.

El petit va ser sotmès a proves psicològiques mentre continuava la recerca dels seus pares. Finalment, al cap d'un temps, es va desistir de trobar el seu origen i se'l va considerar orfe, i va passar a la tutela del govern. El nen, cansat que el seu cas fos estudiat per psiquiatres, i amb por que pensessin que estava boig, va decidir que el millor seria intentar integrar-se en aquell estrany passat. Així que va fingir que no recordava qui era i que s'havia inventat la resta. Després de la seva «confessió», els psiquiatres van preguntar-li pel seu nom, «Zèniek»:

–Realment és el teu nom? És molt poc comú.

El noi hauria volgut dir-se d'una manera més normal en aquella època. Va recordar el nom d'un dels agents de policia que el van trobar i va decidir que el faria servir.

–No, també me'l vaig inventar –va dir–. En realitat, el meu nom és Adrià.

TANCAMENT 5
Barcelona, 2027 / Nova Barcelona, 3015 / Barcelona, 2519

«Quatre anys... i encara penso en ella.» L'Adrià no havia tingut una vida fàcil. Havia crescut com a orfe i havia hagut d'adaptar-se a un món que no era el seu. Però res l'havia afectat tant com el fet de perdre-la a ella. Va ser el seu primer i únic amor. I estaven lligats d'una forma especial. Tots dos venien del futur. No sabia de quina època era ella, però estava clar que era una viatgera del temps. Mai oblidaria aquella llum envoltant-la; era la mateixa que l'havia envoltat a ell abans de retrocedir al passat. No obstant, ella ho havia fet deliberadament; fins i tot s'havia acomiadat amb la mà. Quan va desaparèixer, l'Adrià va notar un buit dins seu. Va sentir la necessitat d'explicar la seva història, tot i que sabia que era inversemblant, i va crear un blog a Internet. Però, després de tres anys, va decidir deixar d'escriure'l. Total, per a què? Havia perdut per sempre l'única cosa que volia en el món i mai no la recuperaria. S'havia transformat en un trist amargat amb només trenta anys. Dia rere dia col·locant llibres a les prestatgeries, sense esperança de retrobar la felicitat, vivint de records, dels pocs moments feliços que va passar amb l'Aurora. I, per descomptat, sense esperança de tornar al seu temps. Si no l'havien trobat fins ara, era evident que moriria al segle XXI. Per això no s'ho podia creure, quan va sentir el seu nom real:

–Zèniek...

Estava etiquetant uns llibres al punt de préstec i es va quedar de pedra. Va alçar la mirada i va veure davant seu un home d'uns vint anys. No el coneixia, però alguna cosa als seus ulls blaus li va resultar familiar.

–Ens coneixem?

–Ja no et recordes dels teus amics?

Se'l va mirar millor, sense atrevir-se a dir el que estava pensant.

–Ma..., Màrius?

L'home va somriure. Els ulls de l'Adrià van humitejar-se, va sortir del taulell de préstec i va abraçar-lo. Els dos amics van quedar-se així una estona, agafats i plorant. Quan es van calmar una mica, es van separar i l'Adrià va preguntar, intentant recuperar el seu català d'infantesa:

–Com m'has trobat?

–No ha estat fàcil. Pel teu blog. Vaig arribar fa uns dies a aquest temps de bojos. M'ha costat trobar l'autor de «Viatger del futur».

–Espera, anem a la sala d'estudi. Està lliure i és més discreta.

Un cop allà, el primer que va dir en Màrius va ser:

–Quants anys tens?

–Trenta.

–Vols tornar al futur? Tens deu anys més que jo. Potser has refet la teva vida aquí...

–Res no em reté en aquesta època...

–Has d'agafar algun efecte personal?

En Zèniek va sortir un moment, va anar cap a la cadira de darrere el taulell de préstec i va agafar la seva jaqueta, allà penjada. Va tornar a la sala d'estudi.

–La jaqueta? –va dir en Màrius.

–No.

L'Adrià va treure un llibre de la butxaca dreta; era *La fi de l'Eternitat*, d'Isaac Asimov. Va llençar la jaqueta sobre la taula d'estudi i va obrir el llibre per la primera pàgina per comprovar que la seva còpia de la foto amb l'Aurora era dins. No va poder evitar llegir el que ella havia escrit al llibre: «Et trobaré a faltar.»

–Una antiguitat en paper? –va dir en Màrius–. Caram, ha d'agradar-te molt!

Tot seguit va aixecar el braç i va mostrar una polsera.

–Dona'm la mà. Com recordaràs, el salt mareja una mica.

L'Adrià li va agafar la mà, els va envoltar la llum violada i van deixar enrere aquell temps. Uns segons més tard, tots dos estaven agenollats i marejats a l'hangar de la màquina del temps. L'Adrià va mirar incrèdul al seu voltant i una onada de nostàlgia el va envair. Va recordar el dia que havia estat allà amb deu anys, quan encara es deia Zèniek.

Els tècnics vestits amb granotes i màscares d'oxigen els van ajudar a aixecar-se. Els estaven acompanyant a la sala de desinfecció quan l'Adrià va recordar el llibre; amb l'atordiment del viatge l'havia deixat al terra de l'hangar. Va córrer cap allà i el va agafar. Va comprovar que la foto era a dins.

–Tot bé? –li va dir en Màrius, que havia anat darrere d'ell.

–Sí, és que... no puc perdre aquesta foto.

Mentre descansaven després de la desinfecció, l'Adrià va explicar al seu amic la seva història amb l'Aurora.

–Mare meva..., devia ser una viatgera! –va dir en Màrius.

–Tu m'has trobat. Creus que... podries trobar-la a ella?

–Ho veig difícil; em consta que les viatgeres portaven una vida molt secreta. Però sé d'algú que podria ajudar-nos.

Minuts més tard estaven reunits amb en Lukas, al seu despatx del campus, que estava impacient per parlar amb el nouvingut.

–Benvingut, Zèniek.

L'Adrià va semblar incòmode abans de parlar.

–Fa tants anys que responc al nom d'Adrià que se'm fa estrany que em digueu així.

–Vols que et diguem Adrià? –va preguntar en Màrius.

–Almenys de moment, sí, si no us fa res.

–D'acord, doncs, Adrià –va dir en Lukas–. Veig que el teu accent ha canviat.

–Sí, em costa una mica tornar a parlar així.

–És fascinant –va dir en Lukas amb entusiasme–. Ens has d'explicar tota la teva aventura.

–En Zèniek –hi va intervenir en Màrius–, vull dir, l'Adrià, també vol demanar-te un favor.

–És clar, el que necessitis.

L'Adrià es va aclarir la gola abans de parlar.

–Vull que m'ajudi a trobar algú. Saber si és possible, si més no.

Uns minuts després havia fet un breu resum de la seva història. En Lukas se'l va mirar atentament.

–Increïble. Llavors..., m'estàs demanant si puc buscar una viatgera anomenada Aurora Aldomà?

–Sí –va respondre l'Adrià.

–Em temo que no, no puc buscar-la.

–Per què no?

En Lukas va alçar una cella abans de contestar:

–Perquè ja l'he trobada.

L'Adrià i en Màrius se'l van mirar bocabadats. En Lukas va tocar la seva polsera i una llista de noms va aparèixer flotant davant seu. Els dos amics van poder veure llavors la llista que la doctora Samper havia donat a en Lukas, i van quedar sorpresos en llegir l'últim dels noms:

Xiang Li
Irina Kolmogórov
Maria Vinyoles
Beatriu Barco
Aurora Aldomà

En Lukas va tocar amb el dit el nom de l'Aurora i es van desplegar unes coordenades.

–Seria possible enviar-hi algú que li transmeti un missatge meu? –va preguntar l'Adrià.

–Creus que podries esperar dues setmanes? –va dir en Lukas.

L'Adrià el va mirar amb estranyesa. En Màrius va somriure.

La llum el va enlluernar. Va sentir vertigen i una angoixant sensació de no saber on era ni qui era. Quan va recuperar l'alè, es va trobar en el que semblava una cuina. Va somriure per la coincidència. Va ser en una cuina on ella va desaparèixer de la seva vida.

Havia fet un entrenament intensiu per preparar-se per al viatge. Abans de fer-lo, se li va ocórrer que potser ella no desitjava el retrobament tant com ell. Tanmateix, l'Adrià no volia estar en un món o, millor dit, en un temps, en el qual no hi fos l'Aurora, així que va decidir que viatjaria cap a ella i, després, que fos el que el destí volgués. Tenien les coordenades de l'adreça on vivia a l'època del contacte amb la doctora Samper, així que en Lukas va programar el salt a aquell any i a aquelles coordenades.

L'Adrià va sortir d'aquella cuina i va caminar pel passadís d'un pis. Hi havia poca llum, però va dirigir-se cap al lloc on se'n veia una mica més, i va arribar a un saló. La claror ataronjada del crepuscle es barrejava amb la d'un televisor virtual, on uns títols de crèdit brillaven tènuement en un fons negre que surava davant un sofà. I en aquell sofà hi havia una dona. No es veia gaire bé, però ell sabia que era ella. Estava adormida. L'Adrià s'hi va apropar. Ella es va despertar i va parlar mig adormida.

–Fill? Ets tu? Ja has tornat d'estudiar?

Ell va mirar de parlar, però no li sortien les paraules. No sabia com dir-li qui era sense espantar-la. A més, s'havia sorprès en saber que l'Aurora tenia un fill.

–Llums! –va dir ella, i el saló es va il·luminar.

Llavors es van veure i els cors se'ls van accelerar al mateix ritme.

–Adrià! Però... Què hi fas, tu, aquí? –va preguntar ella.

–Hola, Aurora –va limitar-se a dir ell.

Ella va pensar per un moment que estava somiant. Es va aixecar, va apropar-se a ell i li va acariciar la galta amb la mà. L'Adrià va tocar-li suaument els cabells. Necessitaven el contacte físic per confirmar que allò era real.

–Has viatjat en el temps? –va preguntar-li ella.

Ell va assentir amb el cap.

–Però com?

–És una història molt llarga.

L'Aurora volia que l'hi expliqués, però, abans, volia abraçar-lo. Hi havia coses més importants que el fet d'entendre. Una cosa era segura: si el destí estava escrit, els volia junts. Es van abraçar i, tot seguit, van fer-se un petó als llavis. Cap dels dos sabria dir si va durar un instant o una eternitat, i així van demostrar, amb un simple gest i sense fórmules ni equacions, que el temps, com tantes altres coses en aquest univers i a les nostres vides..., és relatiu.

JESÚS CASTILLÓN MOTTA

Va néixer a Barcelona. Va estudiar a la Universitat Autònoma de Barcelona, on es va titular com a Mestre en l'especialitat d'Educació Musical. Ha estat el guanyador o finalista de més d'una vintena de certàmens literaris de novel·la, relat, teatre i poesia. És autor de les novel·les *Predestinats*, guanyadora del Premi Gran Angular 2023, i, en castellà, de *La estación*, que va guanyar el VI Certamen Malas Artes de Novela Juvenil y Fantasía el 2022.